去蓝朵河参加舞会

谭人轻 著

世纪文景
Century Literature

世纪出版集团 上海人民出版社

上海世纪文睿文化传播公司 出品

如今想来，如若跻身的舞会不能以深情动人，则眼下所有即兴的热情消弭过后，接踵而至的便容易是烦闷的寂静。对于大多数正处我这个年龄段的人来说，关于生活时常有太多热情与美好想法，却又无奈于不得不面临更多日常平庸的窘境。生活时常琐碎又令人懊恼，对于诗意似乎如绝缘体般令其长久地缺席，"如此生活三十年直到大厦崩塌，云层深处的黑暗啊淹没心底的景观"，对于日常平庸、琐碎的逃避或许是我最初写下故事的缘由，它们制造了另个维度，在里边我是自由的，仿若轻盈可飞。但到如今，我才忽地明了写作于我真正的意义，那不是逃避，恰相反是与其和解，去和往昔那已失落的情绪和解，在文本里我们再相遇，就请让我与亲爱的你们再举杯。这是深情，而非躲避，生活似乎永是麻烦又琐碎。如今我仍记得，威廉·福克纳曾在他那本最得意的小说结尾，借黑人女仆迪尔西之口说出了他最为凝练的话："他们，在苦熬。"是的，仅仅五个字，深情戛然而止，悲悯恰到好处，它是关于生活，最落寞却又最睿智的尾音。最后，无论您是否喜爱这本集子，关于远方更漫长的跋涉，我都无法为你们做得更多，只是在这里，我最亲爱的朋友，祝你们万事如意。

——谭人轻

目录

摸彩　　　　　　　　　　001

家族　　　　　　　　　　017

去蓝朵河参加舞会　　　　033

驾驶员，你在爱的旷野　　095

这世界呢光　　　　　　　115

摸彩

从光荣镇建立之初，一切就如羊皮卷里记载的神秘预言那样，被预先敲定。每年六月，风暴便会升起，从小镇南部席卷而来，虽越过延绵群山，风力却没有减损。到那时，风暴所到之处草木皆萧瑟，卷起飞沙走石遮云蔽日，街道上能见度不足五十米，行人不得不闭门不出。由于这种古怪的自然气候，光荣镇的空气中含沙量高，镇民日夜呼吸这种粗糙的空气，几乎都患有便秘。

为了解决这个让人难堪的问题，光荣镇的创始人开始研究这孕于自然的风暴，企图感通天地，获得根治之法。他们奔波在镇子四周的各处，观察飞禽走兽，分析阴阳四时，静坐，冥想日月星辰的轮转，将具体事物演化为抽象符号并铭刻在巨石之上，再将那些符号篆刻在形状规整的小石块里，由镇民轮流抽取。

据保存至今的可考镇志记载，当时石块上镌刻的符号分"清"、"浊"两类，抽到"清"类符号的村民，即会获得神秘的自然之力，化解内部郁结的瘴气，在那一年里诸事顺畅。相反，抽到"浊"类的村民则如背负命运不幸的诅咒，在往后的一年里将遭遇灾难，穷困潦倒。两类符号总计28种，涵盖了自然之中人们可以捕获的诸多事物，从天地、山川、鸟兽、火焰，到洪水、电闪、雷鸣不一而足。这种"抽取"每年举行一次，地点选在镇前开阔的空地上，面对着连绵山峦与缓慢流动的河流。每当山峦染上木棉红时，人们便会聚集于此，由镇长带领开始这种神秘又用途尴尬的祭祀。

随着机械的诞生与发展，快速旋转的世界开始撩拨光荣镇的钢弦。在某天夜里，镇长家传出了断断续续的生了锈的发动机工作的声音，自那以后，机械开始以不容分说的高傲姿态踏入了光荣镇人们的生活。就在悄然升起的机器轰鸣声里，许多事物正悄然改变，可风暴却依然如期而至，空气中的含沙量一如往常的高，所以那套古老的关于抽取符号的仪式亦留存至今。只不过，在1830年大洋彼岸的工程师乔治·斯蒂芬孙，利用一辆机车把数辆煤车从矿井拉到泰恩河之时，光荣镇也衍生出了一种，按当地的颇有学问的那些人的说法便是"更加科学、美观，也更优雅"的抽取方式——摸彩。与原先不同的是，摸彩将原来的28个符号改为28个数字，并印在画有光荣镇图样的小纸张上，活动由镇长在每年统一的时间举行。一年里其余时间，镇长办公室可售彩票，镇上也有彩票售点，全镇按季度举行小型博彩活动。

其实"摸彩"是镇里有了造纸机之后，由镇里印刷厂里那个大肚子老板首先提出来的。在一个燥热的星期三下午，这个秃顶的中年男人，站在镇长办公桌前，挥舞着一份由他厂里印刷出来的报纸，扯着嗓子拼命地嚷嚷了六个小时。在他红着脸把提议以及穿插其间的家庭琐事全部说完之后，那个坐在角落里带着老花镜的镇长，就像亲眼见证了一项伟大并激动人心的新发明一样，灰暗的眸子闪烁出明慧的光芒。没有经过任何商讨，他立即愉悦地同意了这个秃顶男人的提议。事后，镇里人议论，提议之所以能这么快通过，并不是提议本身有多么明智，而是因为那个红着脸的秃顶男人是镇长的女婿。

可为了体现镇里人的文明和优雅，遮盖摸彩最原始的尴尬目的，镇长颇费了一番心思。他召集了镇里最博学多闻的人，最善于思考的人，最擅长计算的人，以及最大公无私的人——也就是他自己，在他的那间两层的木质客厅里不眠不休地讨论了三天三夜，日后，当光荣镇的人们再次说起那次大讨论时，仍然会带着一脸严肃并虔诚的神情。他们说，由于激烈的讨论常常带来大量的脑力、体力消耗，所以在那七十二个小时里，镇长家共消耗掉了三头大乳猪、十余斤葡萄酒，他们计算时所用的草纸铺满了客厅的一楼，蜡烛滴的流蜡封住了客厅大门，导致讨论不得不被迫中断。

最后，机智的镇长想出了个巧妙的办法继续讨论——他们可以将讨论地点转移到二楼。就这样，讨论得以进行，时间飞速流走。直到第三天，屋外头的太阳划过抛物线的顶端，隐匿于西边的丛林，这群最博学多闻、最善于思考、最擅长计算以及最大公无私的人，终于统一了意见。那时，那个酒足饭饱地睡了三天，并在夜晚着凉感冒了的镇长，在遍地杂物中找到了他的那副巨大的老花镜，站在自家二楼的餐桌上，怀着一种领导战斗时的激昂语气，挥舞着擦完鼻涕的手纸，向他眼前的所有人郑重其事地宣布，为了让"摸彩"更加体面并且优雅，他们决定给彩票设立一个头奖——28位数字全部正确，并由镇办公室颁发一百万奖金。这样，抽到了偶数（也就是"清"）的人们将解决便秘的问题，而人们又不会觉得摸奖只是为了解决这些尴尬的问题。"体面、优雅、科学，真是伟大并巧妙的方法！"据镇长那可爱的小女儿日后回忆，镇长在宣布完这个消息之后，足足将这句话挂在口边重复了一个月。

就这样，古老的活动穿上了现代优雅的外衣，沿袭了下来。每年六月的伊始，镇前群山红绿参差，山头木棉蓬勃盛开，从中传出鸟啼婉转清脆，在清晨明媚的阳光下，人们便踏着镇外空地新长出的野草，聚集在镇前，由镇长主持这一年一次的摸彩盛会。

通常,镇长会把那件一年到头难得从衣橱里拿出来一次的黑色制服穿在身上,摇晃着他那巨大的戴着宽边老花镜的脑袋,用严肃又沉稳的语调念一席客套话。这些话被工整地写在镇长的日记本上,每年到这时候便被拿出来宣读,其内容无外乎强调这个活动的意义,并附带地夸赞一下想出这个妙招的人(也就是他的女婿和他自己)是多么的聪明。随着讲话完毕,镇民们大多会从弥漫会场的瞌睡中醒来,睁大眼睛,开始热烈地鼓掌。在摸彩举行的头几年里,这种时候还有人会欢呼,有些无聊的青年甚至会吹起口哨(但镇长觉得这样不够严肃就下令禁止了),可随着相同的开场白年复一年地重复,欢呼的人也感到了乏味,便不再欢呼。于是,如今,每当镇长发完言,扶着老花镜等待着底下人们的反应时,他所能听到的,也只有那些软绵绵的机械掌声了。镇上的人们所期待的,当然不是乏味的镇长发言,他们所盼望的是从那个巨大的灰白色机器里滚出的号码,能与自己即将抽取的彩票号码相同,这一旦实现,便意味着他们能获得一百万的奖金。在镇上,一百万的奖金已经可以让人即使不再劳动,也能愉悦、体面地过完一辈子,并且在风光大葬之后,你还能留出一笔可观的财产给自己的儿女。这就是镇上人们每天幻想的美妙生活。他们中的大多数在一年的其他三百多天里打不起精神,但到了摸彩这天,一定会神采奕奕,容光焕发。

可是由于彩票号码有 28 位,而每个位置能填的数字又有 10个,这便意味着把这 28 位数字全部猜中的概率实在是小得可怜。所以,从镇上开始实行摸彩以来,其实还没有人曾摸到过这个头等奖。于是,有些人开始猜测在他们抽取彩票的那个箱子里,根本就没有和机器里滚出来的小球号码相同的票,由于这种呼声越来越高，所以如今在每次摸彩结束之后，镇长都不得不用一个大锤子将摸彩箱砸开，并从那多得无法计数的彩票中挑选出未被镇民抽到的中奖彩票。就因为这事儿，镇长每天都得抱怨一次，如若不是他那孝顺的女婿每天都给他送来昂贵的据说来自深海的鱼肝油，那他的视力真得越来越坏了。

即使真正摸到头奖的概率几乎没有，但这依然无法阻止人们企图通过摸彩，获得幸福生活的热情。每年摸彩前夕，镇里人们便会忙碌起来，他们大多自发地愿意为摸彩干点什么，可是与人们的热情相反的是，摸彩的筹备以及机器维修都有镇办公室的那群人事先弄好了，于是人们无奈地发现，其实自己无事可做。但人们的热情是不可阻挡的，于是大家集思广益，想出了一个好办法来呈现自己对摸彩的虔诚与热情——为摸彩这种盛典制作彩球。

所谓"彩球"就是制作一些漂浮在空中的、为节日庆典助兴的热气球。在人们商议之后，热气球一概涂成红色以表喜庆，既整齐统一，又严肃活泼。可这样一来，每到了摸彩节，天空中总会被大大小小的各种红色热气球充满，它们在天空里互相推挤，牢牢遮住整个天空，导致摸彩节时光荣镇白昼如同黑夜，会场里人们互相推搡、踩踏，还有妇女遭到调戏，总之现场一片混乱，摸彩无法正常进行。最后经过深思熟虑，镇长制定了规定，"彩球"的制作由镇民报名并排队进行，轮到哪家就归哪家做，这样就有效地避免了混乱。

"这是这个笨蛋一辈子所做过的所有事情中，唯一正确的。"事后，光荣镇的一位居民 H 如是评价。就在人们都在新的一年里，期待着被镇长从那个密密麻麻地排满了人的名单里挑选出来，去制作摸彩的热气球时，H 却对这项活动没有丝毫兴趣。他觉得从一开始，从那个遥远的传言开始，这一切都是荒谬并且愚不可及的。他觉得，那个凌虚高蹈的古老传说，根本就是不可思议的胡说八道，而现在的这种摸彩其实更为愚蠢，不可能有任何人会弄到头奖，也没有人能真正地拿走那一百万。H时常为自己置身于这样一个愚蠢而癫狂的镇子，而感到无奈与愤慨。事实上，H他并不喜欢这个镇上的任何人，就连那位和他在一张床上睡了三十几年的妻子他也不怎么喜欢，因为她总是在他说话的时候打断他，并让他难堪得说不出话来。

比方说，就在上周末H与妻子共进晚餐时，H对他妻子说，自己在下班回来的路上看到了隔壁的R的漂亮老婆，鬼鬼祟祟地溜进了镇长儿子的家里。于是，他斩钉截铁地宣布，R的妻子出轨了，并且是和镇长的儿子厮混在一起。而他的妻子却冷漠地反驳说，今天下午她一直在和R的那位被H认定出轨了的妻子打牌，她甚至都没去过洗手间。事实上，H的妻子一直认为H患有顽固性的妄想症，而在她看来，H的许多论断很多时候都是毫无根据的胡说八道。

但由于H在外一般沉默寡言，对很多事情也不做太多评论，所以镇里的其他人都不觉得H有什么毛病，只是在某些与摸彩节有关的事情上，他的冷漠态度让人们觉得不可思议。于是，H就这样平稳地在光荣镇渡过了一个又一个无聊、乏味又心怀愤慨的日子。直到光荣328年，光荣镇举行第二十八届摸彩节时，这一切才发生了改变，并悄然滑向了另一个方向。

那年的摸彩节，在光荣镇所有的居民看来都是不可思议并且激动人心的，它的伟大意义甚至被很多人认为应该记入光荣镇的史册。就在光荣328年，那年的镇前群山上的木棉开得格外的早，摸彩节前夕火红的木棉燃起了整个山头，而那条缓慢流淌的褐色河流也如感受到这个日子的非比寻常，而变得波涛汹涌了起来。起初，人们并未从这种种奇特的自然景象中，洞悉到即将要发生的事情，而在镇上那些博学多闻的学者合理并科学的解释下，人们都将这些突如其来的意象归结于"自然气候的变化"。

于是，到了摸彩节，人们仍如往常那样怀着热切的盼望，携家带口地拥挤在镇前的空地上，等待着这一年里最激动人心的时刻的来临。照常的镇长讲话，还是那一成不变的黑色制服，沉稳、严肃的语调，摇晃着的秃了顶的脑袋，以及那副巨大的在阳光下闪着光的眼镜。睡眠如一阵软绵绵的风，穿行在空地上会场里密集的人群中。照旧，人们打着瞌睡。就在人们鼓完掌，从那巨大的黑色箱子里抽出等待了一年的号码时，对于眼下即将发生的事情并没有任何预感。

所有人都抽完了彩票之后，巨大的灰色机器开始旋转。一个，两个，三个，那些被目光所缠绕的小球从机器的端口滚出，滑到了一个透明的玻璃管道里，暴露在镇民焦急的目光中。随着数字一个个出现，号码逐渐被敲定，很多人已经放弃了希望，从期盼的高峰跌到了失望的谷底。对他们来说，在所有热气腾腾的期待过后，这不过又是一个一无所获的年头。而混杂在那些还在等待的人群里，H的妻子紧紧地握住了H的手，从手掌上传来的痛意，让H第一次觉得他的妻子其实很有力量。当28个号码全部排列在镇民的视线前，包括秃顶镇长在内的所有人都认为这次摸彩又没有幸运儿诞生。于是，镇长扶了扶老花镜，拿起了锤子，准备像往常许多次那样砸破箱子，挑选出那张未被人们拿走的中奖彩票。锤子被举起，划出简洁的弧线,一秒,两秒。失望的人群都沮丧地等待着那该死的黑色箱子被砸烂。除了镇前河水缓缓流动的声音,一片寂静。中午的光荣镇,没有风。突然,H的妻子,挥舞着她那被汗水浸透了的衣袖,大喊:"请等下!请等下!"她开始发了疯似的呼喊这句话,她扯破了喉咙呼喊:"请等下!请等下!"所有人的目光都被吸引过来,人们不解地望着这位平日里轻声细语的家庭主妇,对此刻从她喉管里爆发出的巨大声音感到不可思议。

拨开密集的人群,挥舞着手上印着光荣镇符号的纸条,H的妻子开始踉跄着奋力接近摸彩台。直到她气喘吁吁地将纸条交给镇长之后,底下一头雾水的镇民才终于意识到刚刚究竟发生了什么。在短暂的沉默之后,人群里有人开始大喊"有人中奖了!好运属于我们可爱的邮递员H!"接着,一波又一波的声音热浪开始从骚动的人群里席卷而来,它们上下起伏,带着冲动和无法阻挡的力量冲向摸彩台。"好运属于我们可爱的邮递员H!"欢呼的声音,没过了镇长宣布中奖人的声音。H开始被人群抛掷到半空中,他脑袋里一片空白,除了在空中下降时的短暂失重外,他感觉不到自己的存在。

就这样,光荣镇有史以来的第一个百万大奖获得者诞生了。光荣属于可爱的邮递员H。事实上,就在H从镇长办公室那戴着老花镜的镇长手里接过一百万的存款单时,他也不知道有什么东西正在悄然袭来。可自那以后,H突然发现自己并不是真的讨厌这个镇子,相反他十分喜欢光荣镇,他喜欢这个镇子里的每一个人,更为有趣的是,他突然发现自己彻底改变了起初对摸彩的态度,并迷上了与彩票有关的一切。他领回了一百万,并将这些钱从银行全部取出,放置在他花了所有积蓄买来的一个保险柜里。每天晚上睡觉之前,他都会蹲在这个装着巨额现钞的铁盒子面前,和它说上一阵子话。而就在 H 的妻子张罗着准备给家里置办点新家具时,H 却显示出了前所未有的冷漠,他对妻子所提的这些要求全都置之不理,甚至开始责备起他妻子来。一开始,镇里人们对于 H 发生的变化并未有所察觉,但渐渐的,人们开始发现 H 热衷于收集彩票了。

据镇里卖彩票的服务员描述,H 经常在半夜彩票点准备打烊、或者大清晨准备开门时怀揣着大笔现金,乔装打扮地来彩票点购买彩票。通常他穿着黑色的紧身衣,带着巨大的墨镜,并且用围巾遮住鼻子以下的部分,而他所购买的号码也都十分奇特,每组全是相同的数字——也就是叠号,可这些号码在光荣镇的季度中奖彩票里从来就没出现过,事实上,也没有人认为它们将会在往后更长的日子里出现。与此同时,H 还辞掉了邮递公司的工作,他把自己关在家里,不断地从彩票点购买彩票,并整日整夜、全心全意地研究彩票上的数字。由于与摸彩节的百万大奖相比光荣镇的季度彩票的中奖金额十分小,对于 H 这样疯狂地大笔购入的行为,许多镇民都感到十分困惑。

更为疯狂的事情,是后来那位可怜的被 H 赶出家门的女人说出来的。就在八月尽头的一个夜晚,H 的妻子与邻居们,从镇上举行的舞会归来。以往,这种舞会都是 H 陪同她去的,可现在 H 并不愿意踏出家门,哪怕一小步。一路上,H 的妻子与同行的镇民有说有笑,完全沉浸在刚才愉悦的舞会之中。她对什么都表现出极大的兴趣,而当有人提到摸彩时,她却立刻转移了话题。人们感到奇怪,但也没有多问。事实上,就在她和 H 中了大奖之后,关于彩票一直有一块深重的阴影徘徊在 H 妻子心头,她就如目睹了一出即将发生的悲剧那样,看着 H 源源不断地抱着彩票回家。彩票,彩票,那些画着数字的彩票,就像一群又一群可怕的魔鬼,正在她的家里蓬勃生长起来,与此同时,她那中了大奖的喜悦正逐渐萎缩。

　　如往常那样,H 的妻子推开了家门。可家里面黑洞洞的。昏沉的安静,没有人在,家里一片漆黑。接着,她凭借自己对于家里每一件物品的熟悉,熟练地打开了悬在天花板上的白炽灯。明亮的光线晃人眼目,照亮了她眼前的一切。灯光照亮了客厅。她披着散乱的头发,被眼前的一切吓坏了。

　　原来就在那个夜里,H 在家里研究那些数字之时,他进行了另一种怪异的活动。他如古怪的祭祀师那样,将那些他买来的涂满了各种笔记的彩票满满地贴遍了整个屋子。他将彩票贴在大门入口的红色地毯上,贴在白色的墙壁上,贴在褐色的茶几上,贴在电话、电视、洗衣机,甚至客厅的天花板上,每一个 H 能够想到的地方都被密密麻麻地贴满了各种颜色的彩票,而那个被搬到客厅中央来的、帮助 H 触摸到天花板的楼梯上,毫无疑问也扭扭曲曲地贴满了彩票。花花绿绿的彩票,还有上面那些胡乱的不知所云的笔记,就像一张巨大的密不透风的网,布满了 H 的屋子,而 H 的那个可怜的妻子,就如一只受惊了的小动物那样,慌乱地奔跑进了这个大网之中。她看见,那些彩票正咧着巨大的嘴朝着她恐怖地笑着,而彩票上的字迹就如古老的咒符扭动着,旋转着,向她不怀好意地逼近。而她的那个丈夫,那个平日里温文尔雅的丈夫,正站在客厅的另一头,身上贴满了彩票,朝着她面无表情地挥手。挥手。挥手。面无表情地挥动着那只贴满了彩票的手。H 的妻子,那个可怜的女人,无法面对眼前的一切,她开始大声嘶喊了起来,开始疯狂地朝外奔跑,而那尖锐的凌厉的嗓音如钢刀一般,划破当晚死寂的夜空,传播到光荣镇的每一个角落。

事后,在H的妻子向光荣镇最资深的医生描述完了H的情况之后,那个穿着白大褂、戴着和镇长一模一样眼镜的老医生,翻开了身旁的一本老书,如一位资深法官那样对H下了最终审判。他用与镇长极其相似的语调说:"根据阿拉伯的神学家马尔蒂所留下的《米尔巴百科全书》的第328条,您丈夫患上的是一种极其罕见的精神类妄想症,他或许是由于受到了什么刺激,或者是做了什么邪恶的事情,它的首次出现是在公元253年,墨西哥的一个小岛上……"在介绍完这种疾病的漫长来源之后,他说道:"很遗憾,这种病无法治疗。"

在镇上的日报曝光了这事后,H患上了罕见的精神类疾病的消息开始散播到光荣镇的每户人家。人们在感到惊恐与慌乱的同时,都开始极力呼吁废除"摸彩"这种充满了邪恶的活动,他们开始走上街头气势汹汹地摇旗呐喊。毕竟,没有人愿意被这种恐惧的精神疾病所掌控,即使在往后更长的日子里,他们依旧呼吸着含沙量极大的空气,即使他们依旧便秘。

为了平息这场骚乱,在经过了长达一个月的漫长讨论之后,以秃顶镇长为代表的镇办公室做出了沉重又无奈的决定——在举办完下次摸彩节之后,摸彩这项活动将彻底废除。在这项决定被宣布之后,镇上最博学多闻、最善于思考、最能说会道以及最精于计算的人,作为民众代表签署了与镇办公室的合约。一切这才被缓了下来,而H的那个可怜的妻子,由于受到了巨大精神刺激已被送入了疗养院。

就在光荣镇上的人们,因为在H身上发生的这些不幸而闹得沸沸扬扬的同时,关于 H 的故事,并没有结束。在妻子离开的日子里,H 依旧疯狂地往家里的每一个角落贴着彩票,但逐渐的,他发现,自己的身体开始膨胀了起来。起初,他贴上一千张彩票便能将自己覆盖,而如今这些已经远远不够了。他发现,自己正在逐渐膨胀,他的躯体如一个皮球那样鼓胀了起来,这种膨胀似乎无法抑制,并且越来越快。起初 H 以为是自己正在长胖,于是开始加大劳动量,每天昼夜不歇地继续他伟大的贴彩票活动,但渐渐 H 无奈地意识到,这种膨胀无法避免。于是,他不再管这个膨胀着的身体了,他再一次沉浸于贴彩票所获得的愉悦和疯狂之中。

很快,星辰轮转,日升月落,又一年的摸彩节到来。这一年的木棉花没有开。山林里鸟儿也因受到猎枪的恐吓而不再啼叫。只有那条褐色的河流依旧沉稳向前。光荣 329 年,光荣镇里所有的居民(除了 H 与他那可怜的妻子外)都穿戴整齐,一脸严肃地来到了镇前的空地上。摸奖台耸立如常,上面摆放的黑色箱子与灰白色机器冷峻依旧,唯独上面站立的镇长由于过去一年里的风波,显得焦虑、不安,并更加苍老了。携家带口的光荣镇居民,站立在摸彩台之下时,均怀着一种憎恨却又惋惜的复杂心情。面对着这个即将被画上句号的活动,他们不知道自己该再说些什么。没有人再想着为摸彩节做些什么。没有热气球,更没有期待。

与此同时,在 H 那个已经被彩票牢牢黏住的家里,一扇窗户正被一个巨大的球体缓慢地挤开。如若我们化作一只巨大的鸟儿,盘旋在光荣 329 年的光荣镇上空,认真地观察那个阴暗的屋子窗户,便会发现那个巨大的推挤着窗户的物体,不是别的,正是沾满了红色彩票的 H。他的身躯已经膨胀如球,漂浮在空中,在红色的彩票装饰下,就像一只巨大的红色热气球。在几经努力后,这只巨大的热气球终于克服了屋子窗户的阻力,从那阴暗的房间里逃离而出,飘荡在了光荣镇的上空,朝着镇前人们聚集的空地上飘去。

可是这一切,都是那些站在空地上的人们所不知道的。他们依旧如铜雕,肃然地直立在那儿。就在人们摸完票,看着那灰色的机器预备吐出第 28 个数字之时,人群中突然有人大呼:"气球!谁家做的红色彩球!"但是谁都知道,这年的摸彩节,根本没有人家里做过热气球。这是所有人都知道的事实。根本不该有热气球。于是,所有的目光起初被吸引向天空,接着,惊恐开始流窜于骚乱的人群之间。天空中的那个飘荡着的红色气球,就在那里,它上下起伏地飘荡着,越来越靠近人群的上方。没人看出来,那就是 H。不幸的被贴满了彩票的 H。

"砰"的一声,第 28 个彩球掉入人们眼前的那个盒子。光荣镇的居民们,看到了令他们惊恐的数字排列,完整的 28 个数字 8。连号。那个 H 曾执著地买了一年的连号。

就在这时,人群中爆发出了惊恐的呼喊声,那个声音用颤抖的带着恐惧的声调嘶吼:"H!那该死的气球是 H!"接着便是骚乱,每一个人都慌乱了起来,他们的目光齐刷刷地投向空中的不幸的 H,如目睹一只被火焰灼伤的祭祀羔羊那样,H 在被惊恐地仰望之后,不可避免地投入了祭坛的深渊。就在一声清脆的爆响过后,天空中的那个气球——确切地说是 H,如被锐利针尖所戳破的气球那样,爆裂开来,而从那炸裂得四分五裂的躯体里,没有滴落一点液体,相反它投下了一块块密集的黑云。黑云开始在空中旋转,并分散,化成一块又一块细小的纸片,纷纷如雪片般降落地面。直到到达地面,光荣镇的人们才清楚地看到,这些可怕的纸片究竟是什么——那些从 H 爆裂的身躯里坠落而下的,居然是一模一样的填满了 28个数字 8 的彩票。

所有纸片,无一例外地填着 28 个 8。所有飞落的彩票都是头奖彩票。每一张都代表着一百万的巨额奖金,人们所憧憬的美妙并体面的生活。人们开始疯狂地争抢,开始从别人的帽子上、鞋子上、自己的身上各处以及地面上,争抢彩票。就连那个站在摸彩台上的镇长,也丢掉了那副笨重的老花眼镜,扑向疯狂的人群,开始手脚并用地抢夺。所有的一切,都陷入了一种难以控制的疯狂,骚动的人群在漫天飞舞的头奖彩票里,厮打在一起,互相骂着最下流的脏话,发着最恶毒的诅咒。狂笑声、哭喊声、小孩的啼叫声、大人的怒吼声,与那些来回闪烁的拳头,摇晃踉跄的人影混作一团。没人能分得清眼前究竟是什么,也没有人知道自己到底在干什么。所有人的脑袋里有的,只有那张写满了 28 个 8 的头奖彩票。

此刻,H 的妻子,那个因惊恐过度而住进疗养院的可怜女人,已经成为整个光荣镇里,唯一一个避免了疯狂的人。虽然她早已因来自 H 的刺激,而遁入了混沌的黑夜,但此刻却成为了整个光荣镇最冷静、最自由的人。而就在她的病床前,正摆放着一本由羊皮纸构成的日记册。一阵风吹过,纸页被翻动。在"哗哗"的声音里,纸页掠过那些扭曲的如山、如水、如星辰日月、又如电闪雷鸣的不知所云的符号,很快到达了尾页,她看见上面用工整的字体赫然写着:

上帝的光荣,照耀,每一个人。

家
族

1924 年也即是民国一十三年，直系军阀吴佩孚部为争夺北京政权与奉系张作霖部在奉天地区进行了第二次直奉战争。彼时，我的祖父——那位随张作霖四处征战的威严军人，凭借自己冷静的判断与敏锐的时局观察能力，在那场为期二十多天、死伤惨重的"九门口"之役中保存了性命，并领导旗下部队多次攻占"赤峰"要地。其后，冯玉祥倒戈，北京政变，北洋拉开张作霖时代。就在即将能享受荣华富贵之时，我的祖父却反复梦见同一个场景：在大雪落满的祖地沙村，一种色泽鲜艳的大花铺就乡野，招展着它们魅惑的腰肢。

在说服了极力挽留他的草莽元帅——张作霖后，祖父轻车简行地回到了沙村。可随他归去的，还有当年肆虐五省的大饥荒。据记载，1925 年夏到 1926 年春，川黔湘鄂赣五省发生大饥荒，全省夏秋两季颗粒无收。大旱之后又遇蝗灾，"水旱蝗汤"袭击全省一百三十六个县，灾民无以充饥，只能吃草根树皮，湘楚之地饿殍遍野。

1925 年，自早春开始，沙村村口的大河便迅速地消瘦下来。它往日旺盛的生命力，在短暂的岁月里被消耗一空。而我的曾祖父，那个固守了农具一辈子的农民，在那一年从自己的田地里无望地拔起了身子，在当年早春的某个漆黑的深夜，去了那条迅速死去的河流，当天夜晚，当他手提马灯沿着大风的河岸行走时，他望见了河道内干涸的河床，心如死灰。就在那个静谧无人的夜晚，他放下了手中的马灯，坠入了那粗砺多石的河床，在短暂的挣扎过后，他放弃了求生的希望，他停止了自己摆动的四肢，并在绝望中咽了气。

当年秋日，沙村的村民看着已经枯竭的河床，全都像一株株萎蔫的植物般，无力地在风里摇摆。饥饿如瘟疫一般侵袭了每一个人。而据传，我家族人里除了我的那位随张作霖四处征战的祖父归来时还稍带人色，其他诸人都已经在饥饿和恐惧中变得极其虚弱了。在过度饥饿、缺乏营养的情况下，他们的身体日渐浮肿，在积劳成疾之后面对饥饿不堪一击。但我的那位跟随着张作霖四处征战的祖父，却因奔波回乡，并未承受这个灾年的全部不幸。可当他归来时，却感到了同样的可悲。

　　事实上，曾祖父生前对他三个儿子中最不满意的便是祖父，他责备祖父不听劝阻地离开沙村，投身入外头的硝烟战火之中，而祖父离开沙村的那天，全村的村民除了我那执拗的曾祖父，都出来给我的祖父送行。据事后我的祖母告诉我，那时，我那孤独可怜的曾祖父正呆坐在他狭窄的堂屋里，看着年轻力壮的大儿子离去的背影，因感受到了那些战死沙场陈尸荒野的士兵们的幽魂所传达出的不幸，而感到伤心欲绝。

　　在那个混乱的连年征战的年代里，人们为了生存而无所顾忌，有人被践踏后匍匐在大地上含冤而死，也有人踏着尸骨荣登宝位后心满意足地打着饱嗝，在那段时间里，似乎所有的欢乐都来之不易，而痛苦却总如影随形。饥饿、死亡这些问题困扰着太多的人，今夕何夕，或许离开就意味着永别，明日何日，今晚睡下，明日醒来无人知道世界会是什么样子。我的祖父那时也并未想过，那次离家成为自己与父亲的诀别，就在他四处征战捷报频传之时，他还曾在夜里幻想过自己衣锦还乡荣归故里的样子，他曾清晰地记忆着在那些梦里，他父亲所展露出的笑容。可真的待到他归来时，我的曾祖父，却早已不在了,取而代之的是摆在大堂内沉重如铁的棺木,以及四周幽暗骇人的寂静。

那时,我的祖父如一截死去的枯木,站立在那个深幽的灵堂里头,面对着曾祖父冰冷沉重的棺木,神情呆滞,他的嘴角不停抽搐,眼里却没有一滴泪水流下来。他独自默默不语地在他父亲的灵堂里,不吃不眠地坐了三天三夜,而就在那几天里头,这位身体健硕的军人那凄凉的恸哭响彻了整个沙村。那哭声时高时低,时而如山林深处的狼嚎,听闻后让人凄怆寒冷,时而如暗夜里沉闷萧索的二胡,听闻后让人声泪俱下。就在祖父嚎哭的夜里,整个沙村没有一个人能顺利入眠,他们都听着从我家幽暗的灵堂里传来的一阵又一阵响亮的哭号,看见这些悲怆的声音幻化成一个巨大的鼓锤,随着夜晚时间的流逝将夜色敲打得越浓越暗越寒冷也越恐怖阴森。

在结束了长达三天的嚎哭之后,我的祖父并没有一蹶不振,相反他却如感受到了天地传递的生命之力般,变得前所未有的坚韧起来。从那以后,他再也没有哭过,无论是他母亲的离世还是他最亲密的弟弟的出走,都无法使这个已经陷入混沌的男人掉下一滴眼泪。就在我的祖父走出灵堂的那一刹,他便如一个铁铸容器载满了苦难也盛满了希望,看着屋外村民们那一张张由于饥饿而萎黄、浮肿的脸孔,我的祖父心里涌起一股复杂的感情。

就在1925年剩下的日子里,刘家共死去了五人。如今,细数这些于不幸中沉入黑夜的族人的姓名,我看见了那些曾经鲜活温热的生命变化成了冷漠的名单,而那漂浮在字里行间关于灾难的黑色讯息则使我长久的惊恐不安。

我看见1925年的冬日,沙村村前那连绵青山上镶嵌着的一座座预先挖掘好的新坟。我听见沙村冬日干燥的空气里，那尖锐明亮的唢呐、低沉沙哑的二胡，混杂着悲戚高亢的族人的嚎哭，如一首深沉的挽歌漂荡在沙村的每个角落。我感觉到当日的雨水正大而无情地拍打着我的面颊，而那些遗留在过往历史里的画面，变得灰暗而沉寂，却又突然明亮而鲜红。于那明亮刺眼的鲜红之中，我看见山顶那些早已挖掘好的墓穴，那些幽深而冰冷的洞穴，在雨水的冲刷下如一口口深井，面目可憎地代死神饮下一个又一个温暖的灵魂。

在饥荒余威未散的那些日子里，我的祖父——刘家那个刚强如铁的男人，四处寻觅着可以充饥的食物。他带领族人在沙村四周的野地里刨根挖底地寻找可以充饥的东西，在山林上用削尖了的木棍作为武器猎杀在饥荒年日里同样消瘦无力的野物，为了维持他母亲那年老脆弱的生命，我的祖父常常将他辛苦获得的食物全部分给曾祖母，为此在最艰苦的岁月里我的祖父甚至吃过"观音土"。可即便这样，仍无法挽回包括他的母亲在内的五位族人的离开。就在他的母亲仙逝的那天，我的祖父，那个背负了太多苦难的男人，面对着他那形容枯槁的母亲瘦小的身体，因感受到来自家族的不幸与悲痛，自顾自地笑着喊着并筋疲力尽地睡去。那一年，整个沙村上空都飘荡着逝去人们的幽灵，那些消瘦的皮包骨的幽灵终日不停地发出瘆人的悲鸣，而在那些个幽灵之间，那躲藏在阴影背后的死神一直挥舞着镰刀，播撒着死亡的种子。

恐怖的黑色饥荒，终于在1926年画上了句号，而被命运折磨的家族，也终于自1926年开始重新拾起了被灾难摧垮了的生活，回归到了他们平淡、苦难的生活中来。1925年的冬天过去后，在沙村村前那条被积雪覆盖的河床里,再次出现了大河的影子。春日的冰消雪融之后,仿如从天而降般,它再次奔流在了沙村的伤口中。而我祖父的弟弟,我的叔祖的出走,正是在大饥荒退去后的第二个年头。

大灾之后的沙村,经历着复苏与混乱,灌木复活的季节,亦正是希望复苏的季节。就在这样的时段里,在一场又一场的天降雨露中,万物获得了新生的动力,都在沙尘漫天的空气中蓬勃发展,在大灾侵袭过后的沙村,人民、建筑、植被、野畜,都开始呈现出新的面目。而自1926年始,一群由西南而来的马帮开始步入沙村的故事,他们在本不平静的沙村搅动起轩然大波。

至于沙村马帮的来历,或许谁都说不清楚。它们仿如一群游荡的幽灵行走在沙村的边缘,早已伺机多时,如渗入泥土的水滴,到来时悄无声息,却又造成了持续的影响。大饥荒过后,沙村物资极其匮乏,大家还没来得及庆幸逃脱于死亡的黑色之网,便都要开始谋划下一季的生活。可是,根本没有可供播撒的植物种子,沙村的所有人,谁家里都没有可供种植的种子了。即使甘露降临,混合着在大灾后遗留下的腐殖质,浸润沙村的土地,使其肥沃无比,但没有了种子一切便都变成了泡影。就在这时,马帮到来了。

马帮初到沙村时,人们正在此起彼伏的呼噜声中沉睡,直到一觉醒来,马帮便已经拖着他们巨大的内储丰富的麻袋,敲着响亮的铓锣,列队在沙村的中心等待村民了。

起初,马帮提供作物的种子、白酒、治疗伤病的药材、做菜做饭的辅料、子弹猎枪等实用的东西,作为交换,他们收集村民家中的兽皮。与此同时,他们还带来了当时村民所不了解的东西——来自外界的讯息,他们讲述了一个又一个迷人的故事,在那些故事里有可以循环往复不断运作的机器,有不用加油就可工作的照明灯,有外貌如钢铁长蛇可喷云吐雾的载货装置,这些,在沙村那些长久居住在偏远角落里的村民看来是不可思议的,而在我的祖父——那位曾走南闯北的军人看来,却只不过是他曾经相熟、如今不再属于的世界。那时我的祖父,在播种完第一季水稻之后,正带着他的弟弟(我的叔祖)在沙村的山峦间猎杀重获生机的野物。他们日夜潜伏在山林深处,用从马帮那儿换来的猎枪当矛作箭,贪婪地猎取充沛的自然资源,源源不断地向刘家运输着营养丰富的山珍野味。

后来,马帮每个季度来沙村一次,每次到来他们都将一种奇异的种子分发给沙村居民。马帮统领——那位祖籍河南项城的彪形大汉,在每个交易后的夜晚,都会声若洪钟地为这些种子大肆宣传,他声称这些种子所植作物,在人食用后拥有让人忘却烦恼的神秘力量。村民们被马帮的充沛物资以及带来的有趣故事所吸引,纷纷领取了种子,将它们种植在自己的庄稼地里。等到丰收的季节,沙村的人们便都惊奇地发现,一种色泽明亮外形艳丽的花朵正在他们的田地里随风摇晃,它们层层叠叠气韵非凡如起伏不停的红色波浪,铺遍沙村的乡野,它们如一双双明亮的眼睛诱惑着沙村的人们去采摘食用。

村民纷纷将这些明艳的猩红花朵折下,放在锅里配以佐料熬成浓汤食用。就在食用这种浓汤的过程中,村民们被一种奇异的幻觉所包裹,有人声称在食用完这种浓汤后,陡然变得力大无比,更有甚者居然声称自己可以漂浮飞行。起初,我的族人亦食用此种浓汤,但渐渐的,它所带来的愉悦背后所隐匿的巨大副作用开始显现,我的族人发现在短暂的愉悦过后，自己的身体长久地处于乏力的状态。即便这样，他们身体里所燃烧着的对于那种黑色浓汤的渴望，却有增无减。我的祖父作为张作霖的旧部，他迅速地回顾了自己的军旅生涯，并根据族人的症状，找出了造成这种现象的原因，那些艳丽绚烂的花朵，原来正是他的某些部下所抽食的大烟的前身，他以清醒的头脑敏捷地意识到了，如若再这样下去，他那些吞云吐雾的部下那不幸的命运将在族人的身上重演，而一场新的灾难便会降临。

与此同时，我的那位叔祖亦因感受到了这蕴藏在黑色汤水里的邪恶之物，而惊恐不安。就在某个深秋的夜晚，当他的妻子正在熬制那种让人着魔的浓汤时，我的叔祖愤然上前夺过了妻子手中的汤勺，将热锅里的汤水全部倾倒在了屋前的空地上。自此，一场由我祖父和叔祖发起的抵制这种作物的运动，开始在沙村的大地上进行。可是，那些沉溺于罂粟汤所带来的愉悦与幻觉的村民，却并不能理解我祖父和叔祖的良苦用心，他们大多不愿抛却这种可以让自己身心得到放松的灵丹妙药，他们宁愿躲避于幻觉，也不愿去直面生活所呈现的真实的苦难。当我的祖父和叔祖上门，劝阻他们不要再种植罂粟花时，他们大多会挥舞着家里诸如扁担、镰刀之类的农具，将我的祖父一行人轰出门外。

就在 1927 年，沙村的罂粟花盛开的季节之前，我的祖父和叔祖无数次地走入乡亲们的家里，亦无数次地被轰出门外，眼见着在罂粟魔影下的乡亲日益消瘦羸弱的身体，日益黯淡无光的眼睛，我的祖父开始和叔祖谋划一场更为壮大彻底的抵制活动。

那年秋季，马帮如期而至，那个蓄着茂密络腮胡、声若洪钟的头领,依旧挥舞着那个装满罂粟种子的口袋。但与以往不同的是,这次他宣布村民如若想领取种子,则要用自家的牲畜作为交换。为了顺利实施他们敲定的计划,我的叔祖跟踪马帮的行迹已有一阵,他摸清楚了马帮夜晚住宿的地点,在微弱的马灯照耀下,他看见了那些属于马帮的灰白色帐篷就安置在离村口不远的一个平坡之上。夜晚,我的祖父和叔祖,两人提着装满散弹的猎枪,提着一盏微暗的马灯,悄悄潜入了马帮的营地。在几经寻找之后,他们终于确定了属于马帮首领的帐篷,当晚,在寂静的夜色下,他们隔着营帐,听到了从中传来的那个彪形大汉响亮的咳嗽声。就在那天晚上,我的祖父用一把从马帮那儿换取的双筒猎枪,抵住了马帮首领的下颌,在朦胧的睡意中这个外强中干的彪形大汉被我的祖父吓得屁滚尿流。

第二天,马帮没有再出现在沙村中心的空地上,所有站立在秋风中等候换取罂粟种子的村民,全都空手而归。而更为精彩的故事,还在后面。就在沙村罂粟花盛开的季节,整个沙村浩浩荡荡地飘满了那些猩红色美艳大花的香味,香味沁人,催动了村民体内蛰伏的对于黑色浓汤的迫切渴望。可是,由于沙村村民每夜都食用罂粟花,如此经一年之久,全都形销骨立,除了基本生活的必要他们不再多走一步路,不再多干一点活,不再走家串户,全都躲在自己的家里恍惚地沉入长长的睡眠。

在1927年某个秋日的深夜,我的祖父和叔祖带着全家上下,站立在沙村的田野里,望着漆黑夜色下被他们手中火把所照亮的红色罂粟花,闻着熏风吹拂而来的阵阵浓烈的罂粟花香,感觉到月光正倾倒向田野,如有力的巨臂正将沙村的灾祸之喉咙,扼紧。随着祖父一声令下,我家族人纷纷将手中火把投掷到田野之中,瞬时,火光开始在沙村的田地里蔓延开来,如一条条健壮的火蛇,迅猛地滑行到远方,扩散到更为广阔的地带。无数的罂粟花在火光中皱缩灰黄,无数直挺的秸秆开始在火中扭曲倾倒,无数声蛙鸣响起在田埂之上,巨大的火光照亮了整个沙村漆黑的天空,而疲乏无力的村民们仍在睡眠中享受着独属于他们的美梦。

第二天,当村民站立到自家的田埂之上时,面对着眼前焦黑的土地,才陡然发觉昨日那个漫长的夜里究竟发生了什么。不满、愤怒、仇恨,所有的负面情绪都毫无疑问地倾泻到了我家族人的身上。就在1927年冬季来临之前,我家族人一直被孤立,并在夜晚受到来自村民们的攻击,人们朝他们的房子投掷石块,在他们熟睡时偷走家禽,毁坏他们农地里的作物,疯狂的人群在黑夜中悄然实施着毁坏,而自那以后我家族人没有谁能睡得安稳。

没有了罂粟花,一开始的日子是难熬的,焦躁的村民们开始在自家摔碗砸盆,他们夜不能寐地寻找着一切可以发泄自身焦躁的方法。可逐渐的,在这种来自罂粟的魔力消退之后,村民开始意识到自己孱弱的身体正渐渐地好转起来。然而,他们并没有因此而理解我家族人焚烧罂粟花地的良苦用心,相反,在拥有了更为旺盛的精力之后,他们开始更为疯狂的报复,他们开始明目张胆地排挤我的族人,在那些阴霾笼罩的日子里,我家族人不断忍受着村民强加于他们的一切,他们以惊人的毅力承担着不幸并默默地继续着生活。尽管这样,情况并没有任何好转,村民开始派出代表,要求刘家交出当晚焚烧罂粟地的罪魁祸首,他们立志要将此人驱逐出沙村。村民不断地向我家族人施加压力,并放话出来,如若不交出元凶,他们将要让整个刘家都不得安宁。

就在这样的情况下，我的祖父却突然生了一场大病，身体虚弱，卧床不起。而外界的重压却依旧如潮涌来，那时刘家在大灾中已死去了五人，除了我的叔祖，已没有健壮的成年男人了。于是，我的叔祖——那个坚强刚毅的男人，便独自担起了我们整个家族的不幸。

　　1928年夏季来临之前，我的叔祖，在沙村村民焦灼、憎恨的目光下，离开了这个他生活了几十年的村庄。离开时，我那可怜的叔祖只带了一个装着口粮的包裹、一盏马灯以及一把双筒猎枪。他凭借着这三样东西，行走于外面乌烟瘴气、虎豹横行的世界。凭借着马灯微弱的光，他挺着健壮的身躯穿越过村庄与城镇，一路行走一路慷慨悲歌，他跋山涉水，遇到野兽便鸣枪，遇到山洞便休息，孤身行走在一个又一个的黑夜之中。

　　也正是那年冬天，我的祖父大病始愈。面对他最亲密的弟弟的被迫出走，他沉默了整整一个冬天，就在那个大雪纷飞的冬季，他没有留下过一滴泪，也没有说过一句话。一年之后的刘家大祭，他在修葺一新的刘家祠堂里，小心翼翼地摆上了在大灾中死去的五位族人的牌位，还有我的那位出走的叔祖——他最亲密的弟弟的牌位。六块牌位被整整齐齐地列置在刘家祠堂里，沉重如铅地记录了关于我们家族的不幸，大祭前一晚，我的祖父蹲坐在刘家祠堂，面对着那些刻着族人姓名的宁静、安详的木牌，沉默、冷峻如一尊铜雕。

　　大祭时，火炉中烈焰腾起，照映祠堂半壁，祖父领着族人跳完最后一支族舞，用锋利牛刀剖开一头母羊和一头公牛的胸膛，将两副心脏、一头烤乳猪一并献上了刘家祭坛，献给了这些年刘家的苦难，献给了那些在灾难中逝去的亡灵，以及所有正肩负着苦难的生者。

就在大祭那天，我家所有族人，仿佛都越过了生与死的界限，一齐在烟雾缭绕的祠堂内饮酒、唱歌、放声大笑以及嚎啕大哭。

大祭之后，我的祖父孤身一人提着马灯，又重来到沙村村口的大河边。他望着眼前滚滚而过的浑浊河水，听着河水敲击河岸发出的沉闷响声，在那些激荡而起的水花中，他仿佛看见了他那坠河而死的可怜父亲，看见了被驱逐后，他弟弟那寥落孤独的背影。他还望见了许许多多在灾难中死去的亲人。他们全都混于河水，沉于河底，积累出层叠厚重的苦难的淤泥。

他不知在这被浓雾封锁的乡村里，究竟还有多少的苦难与挣扎，他亦不知在这些汪洋的血泪与悲苦中，究竟混流了多少大江大海巨流河。当晚的沙村大雪纷飞，在那些柔软而又迅猛的雪花之中，祖父如他父亲那样，将手中的马灯黯然放下，呆然立定。当晚的夜色又深又静，在短暂的沉默过后，他猛地伏倒于寒冷的河岸，望着远处沙村那恍惚的灯火，大放悲声。

在那之后，我的祖父便如我的叔祖一样，孤身一人离开了沙村，消失在了村民们的视线之中。如今，隔着遥远的历史，我仿佛听到了在当天夜里，我的祖父离去时身后那沉重的关门声，看见了他寥落的身影行走在雪花铺盖的大地上。如今，我想念我的祖父。我想念他击风搏雨的岁月，我想念他刀劈斧削的俊朗面容。

就在我的祖父离开沙村的前一年，1928 年，那位他曾跟随过的战时枭雄奉系军阀首领——张作霖，于中南海怀仁堂宣誓就任大元帅的一年后，在蒋介石声势浩大的北伐逼迫下，仓皇落魄地从北平撤回东北。由于不肯满足日方关于开矿、设厂、移民和在葫芦岛筑港等无理要求，就在张作霖乘专列返回奉天时，这位面对日军发誓寸土不让的大军阀，被日本关东军预先埋好的炸弹所埋伏，终丧于熊熊燃烧的烈火、臭气蓬勃的烟雾以及四处纷飞的列车铁皮之中。自此，北洋政府结束了在中国的最后统治，同年 12 月 29 日，张学良宣布"东北易帜"，青天白日旗升上南京的旗杆，北洋终于止于一声爆响和叹息。

　　然而，即使刘家具有领导地位的两位男性相继离开了我的家族，但关于家族史的故事，却并未在 1929 年终止。在往后更为漫长的岁月里，刘家人开始以自己的韧性与毅力与生活中的苦难搏击，而那些孕育于我们家族的故事，亦仍在一代代的生生死死中得以延续。在那些平缓却又暗流涌动的岁月里，刘家人在沙村这块狭窄的土地上生儿育女，拉扯出一棵又一棵高耸的常青树，屹立于刘家的光荣之林，他们在不同的时段里默默承受着生命的布施与不幸。

　　就在我的祖父悄然离开沙村的十余年后，我的父亲，亦去往了更广阔的路途。那时，他正如许许多多怀揣着希冀的少年那样，投身进入了另一场波澜壮阔的变革之中，在那些凄风苦雨的年岁里，他们顶着苦难与不幸，一场又一场的浩劫曾侵袭过他们的生活，可即使在疯狂与动荡的时代里，他们亦不屈不挠地维持着自己做人的尊严。

　　如今，就在那些纵横壮阔的历史诗卷所卷携的腥风血雨过去了几十年后，在昨天的青春英雄们射穿了那张老迈的牛皮之后，他们用热血与白骨再一次铺就了历史巨轮行驶的路途，如今我坐在四平八稳的温暖房间里，看着周遭急速旋转着的浮躁的一切，重又想起父亲在那个醉酒的夜里曾在我耳边倾诉的话语。

我听见那些根植于我祖父胸膛的话语，穿越过百余年的凄惶，沉重响亮地敲在我的心上。在那些饥荒、战乱、疯狂、愚蠢还有腥风血雨里，即使我们屡次置身于失落的迷途，但那些不断新生的烈火，正如横亘于我祖地的那条大河一样，虽阻力重重，却依旧前赴后继地向前奔去。

去蓝朵河参加舞会

一个人应当大病一场，神志不清

全身滚烫，在恍惚中重遇每个人

——安娜·阿赫玛托娃

【上篇】

1

榆里路23号，凌晨。张牧从昏沉的睡梦中醒来。几点了？天亮了吗？他的身旁一片沉寂。记得上次醒来时屋里夜色还很浓，这次醒来，他发觉窗外已透出微弱的光了。房间里静悄悄的。沉寂的空气如死水般不流动。没有风，灰蓝的窗帘直直地垂下，像生硬的钢板把这狭小的空间封住。平日里张牧只要挪动身子，他底下的木板床就会"嘎吱"作响，可此刻却是沉寂的，它像死物般无声无息。昨夜窗外那尖锐的鸟鸣不见了，公园里踱步的野猫也没再凄厉地叫，张牧被身上的毛毯压得透不过气来。房间里填满了可以扩散的寂静。他觉得，这寂静如外来的入侵者令人不安。快些起身吧，去开窗，或者开几盏灯，这是他脑海里最明晰的念头。来点声音吧，或者来点光，随便什么都好。

僵直身子躺在床上，张牧只觉得身子麻木、呆钝，不受控制，脑袋里不消停地嗡嗡直响。最近几天真是太累了。那些麻烦说来就来。张牧躺在床上调整呼吸，他能感到鼻翼有节奏地扩缩，他试图将自己变得平静,将目光转移到天花板,张牧专注地望着那些明暗相间的条纹。深呼吸,随着胸脯规律地上下起伏,他想起自己从前与陈小青一同看过的某部电影。在那部灰暗、压抑的电影里,他印象最深的那个镜头是黑白的,空荡荡的房里男人倚在藤椅上,他褐色的瞳仁空洞地张开,里边流露的眼神犹如生铁般无望。当时张牧看到这里,侧过身对旁边蜷着的陈小青说:"你看呀,那眼里全是绝望。"陈小青沉默了少顷挪动了身子回答:"不啊,那全是孤独。"张牧置身于这昏暗狭小的空间,他觉得自己眼下的处境就如电影里的一样。

每到这种时候,张牧总觉得自己是被捕获了。他全身疲软、无力像被织网诱捕的鸟禽,他觉得房间里有张绵密的大网把他牢牢地笼住了,即使他想要挣脱网罩,可浑身却使不出力来。他的四肢被钉住了。这虚无汪洋、广袤如大海令人疲软。张牧眼见这钝重的海浪,缓缓地袭来,吞没了房间里的礁石,把房里的物什收纳入自己的领地,把他淹没了,可他却只能束手就擒。张牧突然后悔了。他觉得自己应该在外边待久一点。他想起了王瑜。他真希望自己现在已经神志不清了,这样就不用再被这清晰的感受折磨。张牧记起前几天看的纪录片,在太平洋群岛延边的海底有种龟类,它们潜在海底,长到了一定年龄就被海底的泥沙覆盖,从此再也不能出来,每天都只能不停地划动四肢,重复着无意义的动作。此刻,躺在灰扑扑的房间里,张牧只觉得自己如那些被淤泥覆盖的海龟,在清晨里被沉闷的空气压得无法动弹。

渐渐地,张牧觉得自己的身子松软了,那紧绷的感觉正缓慢地消退。潮水退去了。张牧在心里暗自庆幸。房间里的礁石逐渐在他的意识里显现出来，物什清晰了，来段音乐吧。他多希望此刻自己能支起身子，去播放一段乐曲。那曲子应该舒缓些，它将在停滞的静谧中，拨开方才那些缓慢、沉重的浓雾，在黎明将至的时刻蹑入房间来抚慰他的心。张牧忽然想起许久前听过的那段温婉的旋律，那时正是千禧年来临前，他和陈小青逡巡在"福音"音像店林立的货架间，身边是穿着冬衣的人们，音像店悬挂的音箱里反复播放着"Happy new year"，像在为即将到来的新年做准备。或许是搜寻唱片太过入迷，张牧没能发现自己和陈小青已经走散，等他发觉时，店里所播放的乐曲也恰到好处地停止了。在这沉默的空当里，张牧慌乱地停下脚步，他左右张望地寻找着陈小青的身影，这时音乐再次响了起来。和"新年快乐"不同，那是段悠扬的女声，虽不甜美，却带着细腻、深沉的柔情，这旋律温软地流入店内，张牧觉得自己焦躁的情绪突然被抚平了。这让他印象深刻。

　　租房后面有片荒置的公园，张牧的女房东在里头种了些玉兰花。终于有风了。微风撩起窗帘一角，吹入玉兰花芳香的气息。她离开这间房子时，张牧本来是想去挽留的。那时他支起了身子坐在房间里，看着她把属于她的衣服整理好，再穿着高跟鞋匆匆地走出房间。我或许可以留她下来，他在心里想着。张牧反复盘算着自己该怎样做该说些什么，才能留她下来。可想法太多了，它们汇入他的脑袋，让他无法选择，望着凌乱的房间他只能茫然地呆坐着。她很快就要走了，带着高跟鞋乱糟糟的声响。就在那女人离开房间前，她还回望了张牧一眼，可张牧却什么都没做。这是怯懦的优柔寡断。张牧痛恨他自己。

　　如果陈小青仍在这里，或许一切都不会落得如此死寂。张牧看着阒静的客厅想。如果她还在,那她应该正系着那件紫色的围裙在厨房烧菜吧。厨房离客厅不远,绕过个屏风就到。她会边轻盈地翻动着菜铲边唱歌,虽然她唱歌有些跑调,但张牧仍很喜欢。他喜欢立在厨房边,看着陈小青做菜的样子,她做菜时喜欢把头发梳成马尾,随着她摇晃的身子有节奏地左右晃荡,那模样真是可爱极了。张牧原以为他的这些喜爱会随着陈小青的离开逐渐消弭,他本是这样以为的,可这些日子来他却不时从烦恼中提溜出这些事来怀想。

他知道自己想念的不仅是她的马尾,那柔顺又调皮的发辫,但他又无法确切地说出自己究竟在想念她的什么。他只知道,在这种时候,当他像团了无生气的死物般瘫倒在床上的时候,他是希望着陈小青能在自己身边的。他多么希望陈小青仍在身旁,轻声地说话、唱歌或者随便做些什么。哪怕是骂他两句也好啊。可此刻,房间里飘扬的陈小青的气息早已消失殆尽,清晨,黑漆漆的卧室里陪着张牧的只有那空洞的寂静。

2

这年四月即春末,淮杭的天似乎总是灰蒙蒙的。连绵的雨水落个不停,湿润的泥土滋生了玉兰和丁香。通常到了这种时节,租房里总会飘起木材受潮后的朽味,张牧的脚踝也总适时地酸痛起来,像是许多蚂蚁聚在那儿细口地啃噬皮骨,这疼痛缓慢又持久。这些症状是自他儿时便如种子般埋进了他的身体,还是近日来突然染上的? 他无从知晓。这疼痛让张牧想起记忆里的某种声响,那是许多股反对的声音,蛰伏在他过往的日子里。这种反对似乎颇早前便已显现。在这所有的反对声里,他印象最深的还是父亲的话。他父亲总习惯与他说:"你呀,你肯定要吃亏。"张牧觉得父亲的话,相比劝诚,它更像某种威严、决绝、不容置喙的判决。

裹在被子里,张牧发觉外边的雨已经停了。隔着沾了雨水的玻璃往外望,张牧想起他和陈小青初次到这来的情景。绕过楼房前那两棵高大的槐树,从女房东那里领了钥匙,他俩便来到了租房。那时房里很安静,在窗帘的遮挡下屋内很暗,他俩刚把房门缓缓推开,里边裹着灰尘的湿气就涌了出来,这湿气呛人,带着木质材料受潮后的古怪味道。张牧嗅到这股气味蹙眉直想后退,而陈小青却大步迈到了房间的尽头,她在窗帘下边立住,仰头端详暗红色的窗帘,接着用力拽住窗帘一角,把它收到了尽头。顿时,屋子里明朗了许多。透过房间客厅污浊的玻璃张牧望见,有片荒废的公园坐落在屋子后边,那里面老旧的设施诸如儿童滑梯、可以摆动的散步器、长椅等孤独地陈列着,像是破败后无人问津的展览馆。

陈小青立在窗边,等着张牧走入。她侧过头把目光投向窗外。张牧不知她是不是也在观望那片荒弃的公园。这是他俩来租房的第一天,他不晓得前边究竟还有些什么事情在等着自己,那时候他脚踝的病疾还未显现,他和陈小青还未最后确定工作,每日都奔波在许多的面试中。那段时间虽然茫然又忙碌,但总比现在这样要好啊。张牧不禁想着。窗外天空灰蒙蒙的,大朵积雨云低低地悬在天空,这让张牧忆起了淮杭那条绕城而行的河流,还有涨满了水快要溢出来的河岸。直挺挺地躺在床上,张牧感觉自己就像只身乘着小木舟,飘荡在漫无边际的水域上,身子无法动弹,底下又摇摇晃晃。此刻他躺在床上,仿佛伸手就能摸到河岸边光滑的石头,触到河水中那些湿润的青绿水草。面对这种恍惚，张牧通常会集中注意力试图让自己的大脑重归理性。通常，他会在心里默数陈小青离开的日子，他默默地数着，从她离开的那个晚上到现在悄悄过去的时日，三十一天。多么漫长的一个月。

读初中时张牧就已明白，人类对于"月"这时间概念的定义来源于月相的变化。在对这有了物理的认识后，他明白了这种变化的根源是星际间天体的运转——那些巨大的球体悬浮在浩瀚的深不可测的宇宙间，日夜不息地无止休地转动——多么孤独，它们以牛顿定义的引力定律维系彼此间的相依，那不可看见也无法触摸似乎微弱却又强大的力，多像人们常说的宿命。可他弄不明白，那些距离自己几万几十万公里甚至更远的星体，是怎样和人世间这真实确切的"时间"发生关联的。眼下他所面对的由秒钟、分钟所组成的时间，那让他觉得难熬的"一个月"居然和那些硕大无朋的星体紧密地联系在一起，多么不可思议。他现在多希望月球能转得快些，这样他便不用再忍受这漫长的折磨了。

在陈小青离开后，每天清晨张牧都在重复相同的事。这些重复起始于他从睡梦中探出头来，从被单里翻身，他把床边的拖鞋穿上，趿着软布拖鞋把桌前的电脑打开，放上一段乐曲，再到厕所完成洗漱。陈小青离开前，每天的早餐都由她来做，张牧要做的仅是洗脸、刷牙，便是到客厅的桌前吃早餐。然而这一个月以来，每当他洗漱时，望见镜中沾着牙膏泡沫的那张脸，他意识到自己得先穿好外出的衣服，再到女房东家去。他和房间的租主谈好了，每天早晨去她家吃早餐，价格实惠也很方便。张牧的女房东是个身材丰腴的中年妇女，她有一张鹅蛋脸，清晨时喜欢穿着红绿相间的睡衣在走道里做健美操，她长得不难看，据说曾离过婚。每日下楼去她家中吃早饭时都能遇上她新交的男友，张牧从别人那知晓她男友在淮杭市的某企业做职员，和她住在一起。

下楼的走道狭窄，两旁墙壁上的涂漆已很斑驳，楼道出口往右便是女房东家，对张牧来说这似乎是个固定的场景：每日早晨七点半，女房东在楼道里做完最后一节健美操，她把自己丰腴的身子低下，关掉富有节奏的嘹亮音乐，提上她的那个大功率音响，转身准备去自己的房间。而她的男友，则会穿着皱巴的西服拖着不算壮实的身子，从她的房里走出。这时，女房东会把她手里的音响放到地上，伸手去把她男朋友胸前的领带摆弄整齐——张牧这时应该刚从楼道里走出，他将看见这一幕，再往前走，他会迎面撞上女房东男友那无精打采的目光。每到这时张牧总会生出感叹，他感叹于世界许多事情的奇妙和精准，他不知自己是如何恰好赶上的。每次遇到这场景，他总会在心里暗暗地想到牛顿——那关于"力"的神秘阐述。究竟是如何一种"力"把人与人牵引到一起来的呢？那像事先安排了的机缘巧合，他好奇它们背后更隐秘的关联。

他总会与那男人错肩而过。他总能闻到对方身上淡淡的香味。为了避免对方无神的目光再次投落到自己身上，张牧通常会低头往前，他知道女房东会把他招呼进屋的。在张牧印象里，他初次来女房东家时，她房间里那些物什的陈列方式，都让他产生了已经到过那儿许多次的错觉。这种熟悉感他时常会有，但每到这时却分外明显。房东的房间在一楼，和张牧房间的朝向不同，她的房间大大的落地窗外边不是荒弃的公园，而是正在施工建设的商业区林立的脚手架。女房东的屋子宽敞、明亮，通风也好，清晨时从屋后阳台会飘来淡淡的玉兰花香。和她男朋友不同,女房东对待张牧的态度显得更热情,也更亲切。她像是那种自来熟,没有任何羞涩与造作。

把早餐端上来后,女房东落座。她那身略带粉红的睡衣衬着她的脸颊也粉扑扑的。她一点也没有快要四十岁的样子,张牧觉得她看上去远比她自己说的要年轻。早餐一般都是煮面条,外加一枚卤蛋。女房东煮的面很有韧劲,和张牧在外面吃到的不同,这面嚼起来很有味道,不像外面的是软绵绵的。张牧通常只低头吃面,不太说话,倒是那女房东喜欢找些话说。她说话的时候喜欢晃脑袋,在清晨,她的头发总会挽成髻,随她说话时有节奏地左右晃荡,这有些像陈小青在厨房烧菜的模样。张牧害怕那已经离去的熟悉再降临到自己身上,他不愿抬头,可在心里他却又隐约很享受这种熟悉,他觉得这场景如同某种呼唤正把他过往的日子召唤回来,他不知道这是为何。陈小青离开后,女房东每次吃早餐总会和张牧聊恋爱的问题,她觉得张牧这样长得很好,工作也算不错的小伙,怎么还愁找不到女朋友?张牧每次面对这种问题,都只是象征性地搭话,并没真正想回复的意思。

张牧不想回复。他觉得维系人情的力量很微弱。读大学时他从未加入过小群体,他被认为是沉默、孤僻的。张牧觉得许多人之所以向往团体,其实仅是他们害怕落单,害怕独自面对像镜子般真实的与自我对峙的时刻。张牧始终保持着友好的沉默,在恰当的时机他选择点头,或者轻声"嗯"地回应一下。女房东只顾着自己说话,好像并不在意对方是否应答,她边说话边把手上的那串琥珀珠子摇来摇去,这举动让张牧觉得熟悉。吃过早饭,张牧收拾好自己的碗筷,跟女房东道了别便起身离开了。

走在空荡荡的楼道里,张牧总能听到悠扬的口琴声。那声音时断时续像是初学者演奏的。张牧对那声音的旋律颇为熟悉,他小时候曾学过这支曲,是父亲教他吹的。在这隐约的乐曲声中,他能捕捉到些许关于童年的记忆。每到这时张牧都会努力谛听,他总想找到那个声音的源头,可每次当他竖起耳朵仔细寻觅的时候,父亲那皱着眉头的脸便会浮现在他脑海中。通常,他会在犹豫里走出那狭长、昏暗的楼道。一旦到了外头,那声音就彻底被淹没了。他能听见的声响,只有街道上来往的车辆那乱糟糟的轰鸣。

3

没什么好烦的。这是王瑜最常和张牧说的话。通常说这话时,王瑜都会伸手拍拍张牧的肩膀,之后挤挤眉毛用他沙哑的嗓音对张牧说:"咱俩下班喝酒去嘛一醉解千愁。"他是张牧在单位上最要好的朋友,他俩的办公桌相距不到五米,两人很聊得来。王瑜家在湖南,说话做事带着股北方人的莽气,喜欢直来直去,他说自己血液里淌着家乡的匪气。张牧喜欢这种直率,但也是由于这种直率,王瑜在工作单位却不是很讨其他同事的喜欢。虽然在单位里认识不少人,但王瑜觉得,真正能喝酒吃肉讲心里话的其实也就张牧了。

陈小青离开后,张牧曾跟王瑜说过许多次,他觉得自己来淮杭工作或许不是个明智的决定。王瑜听了这话通常会劝他"既来之则安之",往后单位人员调动的时候有的是机会往外头走。关于陈小青的事,王瑜知道个大概,他曾和陈小青吃过饭,对她印象颇好,私底下,他曾不止一次地对张牧称赞过陈小青的聪明和性感。每当张牧愁眉苦脸地向他倒苦水的时候,他总会佯装无奈地叹口气,接着就从嘴里蹦出许多笑话,试图把张牧的注意力转移到别处。张牧知道王瑜的用意,也不再多说。他懂得自己应该适时地保持沉默。在沉默的空当里,张牧常会想起家人给的劝告。有些决定或许真是他年轻气盛时太过冲动了。

　　每当和王瑜聊天时,张牧常会想起自己和王瑜去动物园的经历。那是他俩初次在工作之外见面。那时淮杭市动物园正举行对"保护野生动物"进行科普宣传的活动,张牧单位给员工发了门票鼓励大家参加,刚进单位张牧许多人都不熟,只和王瑜隔得近点,他就邀请了王瑜陪着一道去。王瑜本来不打算去看,但是见到有人邀请,也就爽快地答应了。动物园里各个地方都竖了牌子用来指引游客,他俩瞎逛了大半圈,看见了披着棕色斑点的金钱豹、会用深褐色长鼻吹口琴的大象、攀在岩石上的猴子,还有拖着肥硕的身子踱步的黑熊。游客里有人吹口哨,把手指放进口里呼气,发出又长又尖锐的声响。张牧和王瑜被声响惊到,才发觉他俩已来到了非洲狮的笼子前。身披棕黄色鬃毛的狮子在铁笼子里踱步,看着它垂头踱步的样子,张牧不知怎么心里有了些异样的感觉。他把王瑜拉住,两人站在那儿看了许久。之后他俩便出了动物园。

　　王瑜说自己在里边憋得闷慌,怪没意思的。他提议去外边的小馆子里喝点,张牧对此没有反对,他的心里仍残存着在动物园时的异样感觉,他想着或许喝点酒能好受些吧。那是张牧第一次和王瑜喝酒,两人聊得很尽兴,天南地北地说了很多话,自那之后两人就熟络了起来。平日下班,王瑜总喜欢带张牧去一个叫"蓝朵河"的酒吧,他说那地方特别"有感觉"。张牧知道,王瑜这话的意思就是那酒吧里有很多漂亮姑娘。王瑜推荐的那个酒吧，离张牧的单位和租房都不远，它位于两者的中点处，那儿是淮杭市繁华的商业街。说是商业街，那里却又不算喧哗，酒吧在商业区尽头的一条小巷子里，巷子地面铺了青色石板，被来往脚步磨得光滑，和别处的酒吧不同，那酒吧的店门设计得很有特色——半圆形的店门用的是特质的玻璃，夜晚时，在店门上悬挂的蓝色灯笼映衬下，会微微地闪烁出如水纹般的光芒，从远处看，像是夜里微风抚过的湖面。初次来到那儿时，张牧就曾被这设计精致的店门打动，他虽然不懂这店为什么叫"蓝朵河"，但他觉得镶嵌在店外的"那片湖"，实在太栩栩如生了。

这酒吧蔚蓝色的店门，总让张牧忆起他和陈小青初次去淮杭酒吧的情形。如今他已记不清那个酒吧的具体位置了，或许它已经被拆掉了。他只记得，当天晚上他和陈小青是在四处闲逛时碰到那地方的。酒吧外边似乎邻着条河，夜晚行人在外走动，能嗅到晚风吹来河水的气息。他俩走到酒吧门前，陈小青说要进去，她说感觉那地方很别致，想进去看看。那晚酒吧好像有场生日聚会，很多人聚在一起，挂壁的音响间断地播放了几遍"生日快乐"，人群脚下酒吧中央的地板上泛着幽光，看上去像是波澜泛起的蓝色湖面。张牧和陈小青没有加入欢庆的人群。在酒吧绵长、尖利的欢呼声里，他俩远远地找了个酒吧柜台坐下。柜台前边的酒保戴着顶深色的帽子，他把帽檐低低地压下，只斟酒不调酒，沉默着仿佛有话要说。张牧和陈小青当晚喝了许多，聚会人群的欢呼如浪潮般一波波地涌满了整个酒吧，喝到后头，陈小青和张牧喝尽兴了，也会不时远远地吹个唿哨呼应几下。就在那酒吧，张牧隐约记得自己还看见了一个穿着红色吊带裙的女人。虽然在恍惚里望不清对方的脸，但可以预料到她的身材颇好，可惜的是她身旁还陪着个男人。这事张牧在离开酒吧后还经常跟陈小青提起，他说："多性感啊！"陈小青则总是取笑张牧，她总是边伸手装作要拧张牧耳朵的样子，边笑着说："你呀！你真是色胆包天啦！"这场景让张牧印象深刻。

到淮杭工作后，陈小青很少去酒吧了，她每天下班都按时回租房给张牧做菜。张牧曾不止一次地跟陈小青聊过他俩初次到酒吧的那个晚上，可陈小青似乎没有太多印象，她总是说"好好过日子，别老想着出去玩嘛"。由于陈小青的工作需要经常出差，张牧又不是那种能耐得住寂寞的人，再加上王瑜的"循循善诱"，张牧喜欢上了酒吧的生活。就在陈小青离开前，张牧就常到"蓝朵河"喝酒，在酒吧里，他不属于那种善于搭讪的人，但只要有王瑜在，他就不愁没女人陪他俩聊。张牧初到淮杭工作积蓄不多，家里对他工作的态度有些消极，他不想再向家里要钱，也不想因经济需求再向家里妥协了。和张牧不同，王瑜在淮杭已经工作五六年了，他有了些积蓄，前阵子还买了辆黑色的小吉普，再加上对淮杭这地方又很熟，在酒吧里他混得如鱼得水。在酒吧里通常都是王瑜请客，每次张牧摸着自己的钱包准备付账时总会被王瑜挡回去，王瑜总会说："诶，这样就见外了嘛，我们哥俩不分彼此。"

在混迹酒吧的日子里，张牧时常很晚才回租房。陈小青离开后的那个月，他更是基本每夜都在外留宿，王瑜总会介绍不同的女性朋友给他认识。张牧对于女性的兴趣似乎在青春期时就已显现，读初中时，他常感觉自己体内有股蓬勃的力量正生长起来，这力量像是来自荒野的呼喊，发自他内心最深处，它带着某种炙热又强有力的力量，将他的注意力牵引到女同学逐渐隆起的胸部，和女老师光洁的大腿上。这令他羞耻。在那时候男同学间通常有种秘而不宣的默契，大伙儿都这么做也经常拿他人开玩笑，但如果真的发现谁有不轨的行为，那他肯定会成为大家的笑柄。随着年龄的增长，张牧觉得这股野性力量正逐渐地演变，它由原先无法把持的朦胧的胆怯变成了汲汲求之的冲动，从恐慌转变成了渴求。

　　这种渴求最初是不可控的，它带着某种令人羞耻的气息，展现在了张牧初二时的校运动会上。那时张牧坐在观众席最前排，他班最漂亮的女生入选了校拉拉队。在那个深秋清晨学校的水泥地上，她穿蓝色的小裙在观众席前跳舞，张牧望着她节奏晃动的光洁大腿，直感到自己的心跳剧烈地加速。他听到胸腔里那不安的心跳，正通过连接的血管，将不安又紧张的律动传抵他的喉咙、颅骨、他的眼睛。他的嘴巴泛出干涩的苦味。他看得面红耳赤，不知觉间，裤裆里支起了一顶小帐篷。这被周围的同学捕捉到，随之而来的是男同学们不怀好意的讪笑，还有更刺人的呼喊，他们大呼："张牧这个色鬼，看女生起生理反应啦！"这声音像是涌动的大海波涛，奔流向张牧身后的观众席，这令他羞愧难当。这事最后传到了张牧家里。张牧的父亲知道后，他决定要在家对张牧进行再教育，为此张牧整整一周没再去学校上课。等回到学校了他再不愿同别人一起玩耍，这状态持续到他初中毕业。

　　进入高中后，张牧内心的渴望变得更明显，他发觉周围的男同学差不多都和他处在同样的状态，那蓬勃的骚动，在许多个夜晚在张牧脑海里塑造了女性的胴体，那雪白、柔软的身躯衍生了温柔细腻的触感，在他脑中酝酿成形，弥补了电脑或者碟片中所缺失的体温。这幻想让他不安，也让他紧张，在这不安的紧张中他捕获了属于年轻的深夜异样的快感。在读研前，张牧尽力地压制住这种欲念，尽管它时常蠢蠢欲动，但他尽量以理性克制，虽然他时常和同学们开玩笑，但要说到真正地把想法付诸实践，他却没有机会和勇气。直到读研究生时，张牧内心里那扇隐匿的大门才突然敞开，将这扇沉闭的大门推开的正是陈小青，那是在他的一次旅游途中，那次他去的地方是淮杭。

初夏的晚霞里，立在湖边的陈小青如刚从湖中踱步而上的仙子，她身后是倒垂的青绿柳树。湿润的六月的微风里落叶飘着，陈小青穿着件浅黑的长裙，张牧站在后面，望着她垂至脚踝的带花长裙，只觉得从她身后飘来芳香的气息。这气息令人心醉。那个下午究竟是命运好心的安排，还是自己的幻想所展露的旧日痕迹，他无从知晓。他只知道，那一刻他被捕获了，就是那么一瞬间仿佛已被预先定好，他沉溺在了对那位站在湖边的女人的爱慕中。当天傍晚，张牧鼓起了勇气才敢上前搭讪，他呆头呆脑地搭话，对方落落大方地应答，那是他初次领略到陈小青的幽默和善聊，在往后的交往中他发现，陈小青热情、聪明，在淮杭市的某大学读研究生，和自己一届。在那次淮杭之行过后，他开始频繁地往淮杭跑，他知道自己这是坠入了爱河。那段日子，在张牧看来或许是他所有时光中最快乐幸福的日子，他无所顾忌，完全地被恋情的甜蜜和冲动所捕获。他将自己投注到对爱的激情中，连同思绪、步伐，连同呼吸。

但这些张牧身处酒吧时却很少谈起。好像是要故意绕过这些似的，张牧把这些沉在了他心底最隐秘的地方。在酒吧里他从不会向那些女人说起陈小青，即使她们一再追问，他也闭口不谈。这些是王瑜所不知道的，王瑜所能了解到的仅是他给张牧介绍的女性朋友,张牧从未失望过。就在王瑜生日前几天,他邀请了张牧和其一同去酒吧办生日舞会,他带着平日里那种从不避讳的得意告诉张牧,酒吧老板现在已经是他的铁哥们了,宴会当晚会有好多漂亮姑娘到场。当时张牧正沉浸在对陈小青的追怀中,没有什么反应,王瑜见了便对他说:"诶啊,你这小子,就别老惦记着她啦。"听了这话,张牧不置可否地瞪了王瑜一眼,王瑜看了张牧的眼神,撇了撇嘴回应道:"早知现在,你小子当初就不应该乱来呀。"

王瑜的这话像块石头堵在了张牧的胸口。他想起陈小青离开前说的话。她说:"张牧呀,你为什么就学不会自我控制呢?"陈小青离开时,仍穿着那身浅黑的长裙,只不过和在湖边时相比,这次她憔悴了,她提上了手提箱。张牧想到这默默地垂下了头,他伸手从衣兜里掏出根烟点上,点火时他一不小心,食指被打火机烫到了。灼热的火焰触及他的皮肤,疼痛迅疾又尖锐,像被针扎到,钻心的尖疼。张牧的手猛然一抖,打火机便顺势飞了出去。"明天记得来呀!"从惊愕中缓过神来,张牧循声向前,唯看见王瑜穿深蓝衬衫离去的背影。他的步履轻盈。张牧低下头,看着躺在地上的那个红色打火机,感觉自己指尖的灼痛正蔓延开来。

4

到淮杭工作后,张牧很少再接到父亲的电话了。就在王瑜通知他要办生日舞会的那晚,父亲却打了电话过来。这不是什么好事情,张牧在心里暗暗地想,这预示着他最近单位、生活上的那些事肯定被家里知道了。踱步寻到租房的窗台,张牧迟疑了一下,他把电话接通了。电话那头父亲低沉、沙哑的声音好似几十年都未曾改变。起初，父亲仍是照常地问了几句，张牧没有如实回答，渐渐地，他发现对方的语速变快了。陈小青，他听到了这三个字。接着，那头的声音变响亮了，带着些许愤怒。听着父亲反复地说着陈小青、陈小青，可张牧脑子里却只有父亲那张双眉紧蹙的脸。这让他难受，像是他脚踝反复发作的疾病，是隐约又持久的难受。"这是你的错，是你的不对，人家这么好的姑娘，你辜负了她。"张牧听着这些话却没有更多的感觉。够多了，麻烦够多了，何必再来烦我呢？他是想这样回复的，可他没有。对方仍在说着。他还在说吗？还在说些什么呢？张牧把电话移开了。他把手机放到了窗台上。外头落起了沙沙的小雨。

当晚张牧睡得不好，次日脑袋昏昏沉沉的，可还是被王瑜拉着去准备生日舞会了。王瑜对舞会很重视，他说既然要办，那就要办得有意思，要来点不一样的。酒吧老板王瑜见过了，他说场地、布局什么的都交给了对方，但现场播放的音乐他想和张牧一起去选。"毕竟是我生日嘛，说好一起弄，怎么也得让你有参与感啊，不能把这些都一揽子交给别人了，你就陪我去选几首舞会上放的歌吧。"他是这么说的。自然，张牧没有拒绝。酒吧里放的是音乐碟，王瑜说他向酒吧老板打听了几家不错的音像店，打算和张牧一起去市区找找。陪王瑜逛音像店的那几天，张牧有些恍惚，脑袋一阵阵地犯晕，那几天里他的父亲常打电话过来，但他一个都没有接。他觉得自己再没有什么好说的了。即使头晕，但张牧和王瑜音乐却选得还算顺利。他俩去的最后一家音像店是张牧决定的，那时王瑜正准备选一首比较舒缓的曲子，张牧想起了自己和陈小青那个新年里挑选唱片的经历,于是带他去了雨花广场的"福音"。

　　一切都准备妥当之后,王瑜的生日晚会如期而至。王瑜和张牧商量好了晚上到张牧楼下碰头,他会开车接张牧去"蓝朵河"。那晚张牧特意穿了件新衬衫,出门前小心翼翼地整理了头发、刮了胡子。当他迈着步子走到楼下时,王瑜已经把他的那辆黑色的小吉普停好了,他远远地摆手,招呼张牧过去。王瑜的这辆吉普车是张牧陪着他买的,张牧本来想让王瑜买辆便宜点的小轿车,可王瑜说这辆车很拉风蛮合他性格的,于是决定买下。毕竟是看着王瑜买下来的,张牧坐在王瑜的车上觉得很亲切。在车上,王瑜还一个劲跟张牧开着玩笑说:"做男人嘛,就要像这吉普车一样能够走沙地,能够翻山越岭,哪儿有过不去的坎。"说完这几句,王瑜又侧过头对副驾驶座上的张牧咧着嘴说:"其实嘛,男人最重要的还是要马力强,功能强劲。"这句话说完,他和张牧便都大笑了起来。沿着城市灰白的公路,吉普车驶过几段缓坡,来到了商业街。王瑜把车停好后,两人朝着酒吧的方向走,沿途他俩还遇上了给市动物园做宣传的志愿者队伍。绕过街角,走过那段平滑的石板路,他俩到了酒吧门前。那是夜晚七点的蓝朵河,酒吧门前那两棵高大的槐树,在夜色里投下浓郁的阴影。

　　如果不是王瑜在"蓝朵河"弄生日宴,张牧可能永远不会知道,这个看上去不大的酒吧其实是有隔间的。正如王瑜说过的,他和这家酒吧的老板是铁哥们,为了办他的生日宴,老板特意把酒吧里面颇为豪华的隔间拿出来了。隔间和酒吧正门由一条走道相连,张牧走进去才发现,隔间里的装饰确实比外头要好,有股异域风情。酒吧的老板蓄着山羊胡,他穿着深色的衬衣,胸口别着枚银质的徽章。

经过王瑜介绍张牧才知道，原来酒吧的老板曾在西班牙待过几年，在那儿的酒吧干过很久的活儿，他的老板除了是个调酒大师，还对建筑装饰颇有研究，在那儿他学到了不少东西，回国后酒吧生意越来越好，他就又精心设计了这个隔间。他说这个隔间只有在重要的私人宴会时才开放，而且不收门票，全场都包畅饮。在说完这些之后，酒吧老板，那个蓄着山羊胡的矮个子男人，还特意说了句，"这可是地道的布宜诺斯艾利斯风情噢！"

当晚舞会八点开始。起初曲子很舒缓，隔间天花板上洒下明暗交替的光落到人群间，张牧和王瑜在人群里穿行，不断有人向他打招呼。王瑜当晚穿黑色针织衫外套，所到之处都有人跟他祝贺生日。那些人张牧仅认识部分，他们大多都是王瑜平日喝酒交际时结识的。王瑜游荡在人群里，张牧匆忙地跟着转。他俩从酒吧隔间的前门，穿过中央舞池到了酒吧的厅堂，再绕了个圈，从酒吧厅堂穿到后门的柜台沿着隔间的外边到了酒吧厨房，再从酒吧厨房走来，顺着隔间前端小舞台绕过几个工作人员到了酒吧中央的舞池。王瑜走在前边忽然不走了，他俩立住。张牧望见他挺起胸脯，拿着啤酒咧开嘴笑。每张笑脸都像喝了酒都举杯跟王瑜打招呼，张牧头晕。还好舞会上有姑娘，她们尽情扭动的腰肢消退了张牧的慌乱。音乐节奏变快了。王瑜低头向张牧耳语，你看着好戏才刚开始。

当晚舞会上有许多节目，那些都是王瑜和酒吧老板一同安排的。开场的布鲁斯让舞会进入了第一个小高潮，越来越快的乐曲伴着人群越来越急促的脚步，高跟鞋、皮鞋、休闲鞋踏着地板响个不停，头顶的灯闪得厉害。张牧随王瑜逡巡，身边的女孩换了一批又一批，甚至来不及细看，他只能嗅到来自她们身上的气息就匆匆掠过。像是过渡似的，王瑜拉着张牧寻到了靠近隔间舞台的柜台坐下时，音乐逐渐舒缓了。王瑜举起酒杯饮了大口对张牧说："等着，最精彩的节目就要来了。"张牧平日里酒量不错，但当晚他才喝了几瓶就上了头，他觉得自己整个人像被提了起来，半悬在空中，浑身轻飘。灯光暗了，一声又一声，沉闷的贝斯逡巡在深蓝的酒吧里，像游荡的不可见的鱼群在空气里划出水纹，有那么一瞬人群安静了，酒吧里静极了，像是所有人都退场了，酒吧空荡荡的。重重的一下，是鼓声，突如其来的爵士鼓声响亮地显现了，一个女人从酒吧前厅小舞台旁的门道里走了出来。她上身穿着紫红色的薄纱衣，在渐渐亮起的灯光里泛着光，木门全部敞开，她把腿迈了出来，裹住她丰腴臀部的是条蓝色的紧身裙，鲜红的高跟鞋落在小舞台上，"笃"——沉闷的声响，她修长的细腿被闪光的长袜包裹，多么魅惑，人群的欢呼声跟跄地跌入，舞台氤氲的蓝色雾气里女人扭动身子开始跳舞。欢呼尖叫，酒吧里有人吹唿哨了。王瑜低头，他侧身对张牧说："这就是彩蛋啦。"边说王瑜边举杯，他把玻璃杯子举到张牧身前，张牧没能反应过来，王瑜拿酒杯往柜台上轻磕了一下——清脆的声响，张牧这才缓过神来，他抿了抿嘴对王瑜说："我刚刚出现幻觉了。"

"那彻底绽放的石榴花，结下丰硕饱满的果实，酿成果酱将我灌醉吧。"酒吧悬壁的音箱里，粗砺的男声反复吟唱这句，"登台后等待已久的老灵魂，披上了快乐的外衣饮下威士忌吧于凌晨，血脉里疯狂流窜的杜冷丁，这蛰伏的阴郁人心。"张牧坐在柜台前的旋转凳上，整个世界都开始旋动了，玻璃杯、深黑的柜台、灰蓝灯光下红色、绿色、黄色、深蓝色的酒瓶、酒吧的小舞台、那个跳跃着的女人，缓慢地转动，像水流陷入漩涡的扭转，它们旋入了舞台中央那女人舞动的身影中。浓密的阴影，张牧感到自己后背的闷痛。王瑜重重地拍了下他，"想什么啊，看呆了?"王瑜不怀好意地笑着说。在嘈杂的酒吧里，他凑近张牧的耳朵说："她是苏宜紫，我跟你说过的，可正了!你和她喝过酒的，你忘记了吗?"张牧望着王瑜咧嘴笑的那张脸想，苏宜紫? 我和她喝过酒么，她什么时候这么漂亮了? 王瑜在张牧耳畔不断地说着，这些张牧都知道，他知道对方在讲那些。苏宜紫，王瑜的大学同学，为人直爽大大咧咧，像个大女孩。当晚苏宜紫跳了五分钟的舞，酒吧后门不断有人入内，尖利绵长的欢呼声此起彼伏，张牧直勾勾地盯着她神情恍惚，像是一个猛子扎进了更广阔的虚无里，他感到自己内心有座小型火山，那即将喷发的炙热岩浆将搅动起舞厅平地上的小型旋风，王瑜把这些都看在眼里。

　　苏宜紫跳了多久张牧已经无法记得，朦胧的雾气笼住了他的脑袋，酒吧里灰蓝的灯光、嘈杂的人声、节奏鲜明的舞曲混合了他胃里的酒精，张牧的脑袋有过短暂的眩晕，在那不长的时间里他感到不真实。是五分钟，苏宜紫跳了五分钟，在这五分钟里，她无疑成了众人瞩目的焦点，人群为她欢呼也为她尖叫，似乎没有谁能平静安稳地坐着，每个站起的人都踮着脚尖，前曲着身子，坐在前排的人则扭动着身子，探着脑袋，后门还有陆续进入的游客。这是整个舞会上令人最印象深刻的节目，苏宜紫踏着红色高跟鞋的修长双腿在舞台上滑动、轻点、重踏，她的双腿扬起、落下、屈伸、摆动，造就了夜晚的狂欢。苏宜紫弯腰鞠躬缓缓地退回了舞台旁的小门中。在人群最后一次集体的绵长欢呼里，舞曲终了。王瑜推了推在旁看得入了迷的张牧，他轻轻地咳了两声，接着对张牧说："可从来没见你小子看得这么认真啊。"

再从舞台旁出来,苏宜紫换上了红色吊带礼服,那蕾丝镶边在她胸口隆起又恰到好处地深陷进去,她下面则换了双紧致的黑色长袜,虽没有了鳞片般的光泽,却更有了种神秘的魅惑。黑夜精灵,她多像黑夜精灵,张牧想着。王瑜见苏宜紫出来了,远远地朝她打招呼,苏宜紫望见就踱步过来。酒吧小舞台上几个年轻姑娘正在跳一段改编的爵士舞,可张牧没有心思再去留意,他把手里的酒杯放下,苏宜紫落座后,他嗅到了四周飘扬起一股奇异的香气,像是苦杏仁和玫瑰的芬芳混合的气息,这种气息令人迷惑又沉醉。苏宜紫坐在了王瑜和张牧之间,盯着眼前的这个人张牧感到紧张,可他急切地想说话,他神情恍惚地和苏宜紫道了好,但太紧张了,张牧竟然连续喊错了两次对方的名字。这真是个低级的错误,张牧的脸红了起来,可对方好像并不在意,噗嗤一笑,大大方方地开始调侃张牧了:"诶啊,才几天没见,你怎么就连我的名字都记不住了。"王瑜混迹酒吧多年,他自然晓得如何接话,他叼着烟,眯着眼对苏宜紫说:"还不是你今晚太漂亮,你看张牧都被你迷得魂不守舍了!"

　　这是个极好的开场。方才的尴尬不见了,几句俏皮话下来,苏宜紫很快融入了王瑜和张牧之中。水滴入了水中。这调动了张牧的舌头挑起他说话的冲动,当晚的张牧虽然昏昏沉沉可嘴里却妙语连珠,就连坐在旁边的王瑜都接连感叹,有了漂亮姑娘张牧整个人都不一样了。在喝了许多酒之后,苏宜紫和张牧说话已经无所顾忌了,两人俏皮地开了好多玩笑,坐在旁边的王瑜不停地要苏宜紫陪他干杯,举杯的空当还不忘微眯着眼朝张牧使眼色。喝了很多杯之后苏宜紫脸上泛出了淡淡的红晕,张牧感到自己内心里蓬勃的风暴正静静地酝酿,"我认出风暴而激动如大海",他不断在脑海里吟诵着里尔克的这句诗。

　　当晚王瑜的生日宴会上，酒吧老板特地安排了个活动，那就是抽签表演，在一个黑色的大箱子里装了很多白球和两个红球，抽到红球的人就要到隔间中间去表演节目。那时张牧和苏宜紫聊得正欢，全然没有察觉那个大箱子已经被递到他俩面前了。结果他俩抽的都是红球，自然，在人群的起哄声中，他俩都得去表演了。苏宜紫和张牧约定好了唱首歌就下来，他俩唱了当时颇为流行的一首情歌《广岛之恋》，在酒精的作用下双方的目光都有些游离，却又含情脉脉。表演结束后，张牧就跟苏宜紫说了离开酒吧的想法，苏宜紫对张牧的建议并未反对，为了减少前厅熟人的注意，他俩选择了走酒吧的后门。酒吧后门有几个散客正坐在那儿喝酒，醉眼蒙眬的张牧对这些已经全然不在意，他只觉得身旁苏宜紫那身鲜红的吊带礼裙实在颇为鲜艳，像是一朵绽开的石榴花。

5

　　张牧领着苏宜紫就近找了个酒店，在从酒吧后门出来时他还遇见了那个体态丰腴的女房东，她穿着蓝色的薄衬衫，领口有个鲜红的蝴蝶结，挽着一个张牧并不认识的男人在酒吧后门外散步，他俩好像也是刚从酒吧出来。张牧本想和女房东打招呼，可他看见对方好像并没有要和自己打招呼的意思，也就作罢了。在领着苏宜紫去酒店的路上，张牧还一直想，女房东身边那男人是谁，莫非她也出轨了？张牧不想再去管这些破事，那时候他的脑子里大部分被苏宜紫红色礼裙下面玲珑有致的身体占据着，只是女房东胸口的那个蝴蝶结在他脑子里长久地挥之不去。

那个酒店之夜令人难忘。张牧挽着苏宜紫进入了通向房间的电梯，她侧着身子紧靠在张牧的臂膀上，脸上的红晕在电梯明晃晃的灯光下更加的明显，她把脸转向张牧，微眯着眼，厚厚的嘴唇丰腴性感。酒精在张牧头顶起了作用，他低下头凑近了苏宜紫的脸，重重地咬住了她的嘴唇。电梯狭小的空间仿佛再怎么扩充都显得拥挤，背面的镜面，映出两个逐渐靠拢的身子。他们用身体拥抱、亲吻、抚摸，他们抓紧对方的衣物，像两股紧紧缠绕的海浪被更有力的海水推搡，他们甚至不知道自己该去哪里。

"意乱情迷极易流逝，难耐这夜春光浪费"，那首歌是这么唱的么？电铃"叮"的一声，六楼已经到了。房间里顶灯打开后，床单白得耀眼。张牧拥着苏宜紫踉跄地进了房门，她脚下的高跟鞋敲着地面，清脆宛如风铃。张牧把苏宜紫抱起，轻轻地放上了床单，自从陈小青离去后，他体内那纯粹的激情已经很少再有了，但当晚苏宜紫却重新点燃了一切。那逐渐燃烧的火焰，让他想起非洲旷野上那些奔跑的巨象与野兽，他觉得自己正游荡在连绵的海浪与艳阳里。来拥抱我，你是漩涡让我朝着洪水跌落；来拥抱我，你的热浪侵蚀我如地网天罗。来拥抱我。那些穿巡暗夜的船只扬起了帆，礁石间暗流涌动。她腿上挽着褪下的袜子，精明如老船长引他穿过风浪。张牧是这样相信的。

当晚他俩缠绵了许多次。苏宜紫撑起赤裸的身子，准备洗个澡。张牧躺在床上望着她像只轻盈的小兽，慌忙地从杂乱的衣物中站起身来，她找了件张牧的衬衫披上，进了浴室。灯亮了，从浴室的玻璃里透出柔和的白光，张牧听见了水声，他在心里盘算着下一步的念头,当那个念头明晰后,他为自己的疯狂感到吃惊。水声渐渐停歇了,只剩下轻微的滴水声,嘀嗒得清脆,她从浴室出来时头发绕在后颈,湿漉漉的,衬衫也打湿了些,张牧翻了个身起床,一把抱住了刚刚出来的苏宜紫,嗅着她头发上清新的香气,他说出了自己心里的那个念头。用手指轻绕着苏宜紫如水草般柔软的头发,他以为对方会拒绝,就在他说出那句话的时候他就是这么想的。可是,苏宜紫却答应了。到了张牧家后,他松开紧搂住苏宜紫的手,从衣柜里匆忙地找出了陈小青留下的衣物,抛在了床上。当苏宜紫穿上了那些性感的内衣时,他的脑子里已经完全没有陈小青这三个字了,他所能想到的,仅仅只有他面前的这个女人。来不及想更多,他再一次紧紧地搂住了苏宜紫,他俩再次热烈地缠在了一起。房间里黑漆漆的,张牧身下的木板床发出响亮的"嘎吱"声,窗外传来了野猫的叫声。他觉得自己被她融化了。即使是再坚硬的岩石也会融化,那来自玫瑰的魅力是柔软的浪潮。令人无法抵挡。

野猫在公园里焦躁地踱步,它们正在夜里寻找着,穿过草丛,绕过树干,从这片泥地奔向那片泥地,它们发出尖利的叫声。张牧搂着苏宜紫,喘着粗气躺到了床上。两人浑身湿漉漉地躺在一起。看着房间里的夜色,张牧觉得那浓稠的夜色不再可怖而寒冷了,他觉得那甚至有了巧克力的甜味,暗是黑色巧克力融化后流动的黏,张牧微闭着眼,为自己想到的这个比喻得意洋洋。除了苏宜紫的呼吸声,张牧再听不到任何声息,有那么短暂的一瞬,他觉得除了苏宜紫,自己什么都不想要了。苏宜紫还没缓过神来,轻声喘了几口气,她朝张牧这边蹭了蹭,用手抚摸着他的脸颊说:"你啊,你可比王瑜厉害多了。"张牧脑袋一愣。"王瑜?哪个王瑜啊?"他问。"就是你的那个朋友啊，我和他多少次了，从没有过这种感觉。"苏宜紫回答说。

她的这几句话让张牧打了个寒颤。他脑子里突然蹦出了王瑜的那张脸，那张脸正咧着嘴朝自己笑，这笑容令人难受。有关王瑜的一切源源不断地涌出来。他仿佛看见了王瑜那粗壮的身体，依靠在苏宜紫的身边，他看见她摆动着水蛇般的身体就如方才在自己怀里一样，投入到王瑜的怀抱。张牧想起王瑜在吉普车里说的那句话，此时，张牧感觉不到那句话有任何好笑的地方。他只觉恶心。借口要喝水，张牧起身去客厅抽了根烟。客厅茶几上摆着他和陈小青在"福音"买的音乐碟片，从最初的爵士乐到往后购买的上世纪三四十年代老上海的周璇、白光等人的名歌集，它们孤零零地被摆在茶几上，如此整齐。张牧望着碟片想起了自己和王瑜去挑舞曲的情景，是不是一切都是错？他暗暗地问自己。

再回来时，窗外野猫的叫声遥远了。似乎它们已经离开了这里，去到了离公园很远的地方。苏宜紫躺在床上快睡着了。张牧赤裸地钻进了被子，苏宜紫翻了身，她把手搭在张牧胸膛上，很快就睡着了。感受着来自她的体温，张牧挨了好久都睡不着。香水、汗水、烟味还有更远处来自公园里玉兰花的清香，张牧躺在床上，身旁是苏宜紫已经入睡的身子，他感到许多往事如潮涌来。昏黄的灯光下，张牧望见窗外的公园里废旧的设备孤独地立着。就像他无助地看着它们一样，它们也正无助地看着张牧自己。

6

凌晨四点时，张牧醒了过来。感到旁侧有动静，他转过身去，望见苏宜紫正准备起身。苏宜紫把张牧搂着她的手臂挪开了。沉闷的静谧里，干冷的空气灌满了房间，张牧望见苏宜紫有点尴尬，便问她是不是在找水喝，他知道一般酒喝多了之后人都容易口渴。苏宜紫没有回答，她把盖在自己身上的被子掀开，在床上摸索衣物，当她看到自己身上的那些不属于她的衣物时，她转过头尴尬地望了他一眼，接着，迅速地背过身去，把衣服都脱了下来。苏宜紫说："我不渴。"她打开床头柜上的手机，看了眼后又对张牧说："时间不早了，我得回去了。"张牧看了眼时间，已经凌晨四点了，他侧头望向窗外，外头还是像昨夜时的那个样子，只是昨晚那股强烈的热潮已经消退了。

苏宜紫还在床上找衣服。"哗"的一声——她把被子整个掀开了，张牧打了个寒颤，他赤身裸体地从床上爬起，捡起自己丢在地上的内裤，穿上，接着他僵直地坐在了床边。看着苏宜紫在床上忙乱的样子，张牧想起自己以前看过的一部法国电影。苏宜紫穿好了内衣，她走下了床，在漆黑里张牧听见她尖细的声音，"你知道我的衣服在哪儿吗?"她问。张牧示意她去床下找找，她真的听了么? 为什么还站在那儿呢? 她俯身下去了。苏宜紫翻寻了半天，才找到她的那件红色吊带礼裙，她把它穿上，把自己的衣服整理好，穿上了高跟鞋，捡起地上昨天被张牧扯坏的长筒袜丢进了房间的垃圾桶。静悄悄的。她没有跟张牧告别。但当她快要离开房间的时候，她回头望了张牧一眼。张牧想着自己是不是应该说些什么留她下来，可他的脑子里一片茫然，他什么都没做。张牧僵直地坐在床上，听到苏宜紫穿着高跟鞋走出租房，当屋门被沉闷地关上了之后，张牧重新倒在了床上。

倒在床上后，他长久地睡不着。窗外的路灯还亮着，灯光孤零零地照着荒废的公园。房间里静极了。张牧想着昨晚的许多事，在这过程里，他把自己在酒吧里找过的女人统统回忆了一遍。其中，许多人他都已记不清楚，只有几个仍留着模糊的印象。他记得有个女人叫小红，在卫生局工作，当时吸引他上前搭讪的是她胸口高耸的峰峦。那时陈小青刚出差不久，她怕张牧在家孤单，夜里时常会发短信过来和他聊天，就在搭上小红的那晚，陈小青的短信他一条都没回，那时他正沉浸在那个小红丰硕、饱满的胸部里。那晚过后，他和小红再很少联系了。还有个女人，张牧已记不起她的名字了，他只记得对方有着水蛇般的腰部，喜欢从背后用双腿缠住他，张牧只能记得这么多了。那个晚上，张牧一个个地回忆这些女人时，他羞耻地发现，一晚上的时间可能不够用。这种羞耻如他初中观看拉拉队表演，发现自己的裤裆鼓胀起来时一样，他为自己的龌龊感到可悲。

他所有的出轨里，陈小青始终缺席。但所有的故事都离不开她。正如王瑜曾经说过的，寻求刺激是男人特别是年轻男人的根本特性，这话在陈小青旁敲侧击地询问张牧是否有出轨时，他曾用来敷衍回答。陈小青却好似并不认同，她把王瑜口中的这种共性归类于"动物性"，她知道张牧是个欲望过剩的人，她当然也清楚张牧在她出差时曾有过不良记录，可她不愿拿着这些去吵，她的聪明和善良告诉她，吵只会把事情越闹越僵。她告诉张牧自己向单位提了申请，她以后不会再经常出差了，她希望张牧能明白自己的良苦用心。为了让张牧不再出去瞎混，她甚至还从网上偷偷地买了性感的衣物，企图用这些去留住张牧。

可陈小青不知道,她越是殷勤,张牧就越是厌倦,她不知道张牧想要的其实就是那些"动物性"的刺激。他想要的是黑夜里与陌生人私会的快感。就在陈小青假装"因公外出"的时候,张牧再次出轨了。这次,他被陈小青抓了个正着。为此他俩还大吵了一架,张牧不断地说他想要"自由",他说爱不能成为束缚别人的借口,他说自己需要身体的刺激但并不意味着他不爱陈小青了。张牧还说了很多。陈小青起初只是安静地听着,她低着头,咬着下嘴唇,听着张牧的狡辩,她听了许久,最后彻底忍不住了。

"张牧啊,张牧,你怎么能这么说!"陈小青把头扬起,几缕头发飘在前额,她不断地摇头不断地哭,张牧看见她的马尾辫在秋日寒冷的空气里甩来甩去,他听到陈小青用悲戚的声音哭道:"张牧啊,我以为自己做的这些你都能懂,你都能懂,可是你为什么会这样啊,我当初和你在一起,你想想啊……我俩刚开始的时候你连工作都没有,我俩住在这房里,我每天给你打听消息,回来就做饭,你还说以后要好好对我,你不能就这样啊!"陈小青边说,眼眶里的泪水一个劲地往外流,张牧看见那像泉水般的眼泪润湿了陈小青的脸颊,他觉得陈小青那双水汪汪的眼睛都快哭干了。可他找不到任何可以说的话。他不知道自己该做什么。张牧只是木然地站着,看着陈小青在那儿孤零零地诉说和哭泣。

屋子里黑漆漆的,四周安静得没有一点声响,在这广袤的寂静里,张牧再次想起父亲在电话里说的那些话。那些让他曾感到刺痛的话,如今想来,却没有那么令人愤恼。他仔细地回想,他觉得有许多都说得在理,是啊,是我辜负了陈小青。那些被压抑太久的歉疚,他曾想绕过去却又终究要面对的失落,一时全都涌了过来。那令人伤痛的洪流,在许多令人落寞的日子里,压得人喘不过气来。张牧躺在床上,他想着这些事情,他仿佛看见了陈小青脸上那些流淌的泪水,那些泪水顺着她的脸颊流下,像两条决堤的河流,张牧伸出手去挡,可那流淌的泪水却怎么也停不住。张牧感觉自己的心被揪了一下。在黑夜里,他在对自我的愧疚中,孤独地默数着往日自己的种种不是。

7

起初张牧的脑袋昏昏沉沉。或许是酒精起了作用。钝重感不时袭来,如浪潮般渐次地漫了过来,他的头颅里泛出嗡嗡的声响,取代了野猫叫声的是鸟鸣,它离张牧更近,像是就在他床头一样,它们的叫声让人心烦。那是种不止息又短促有力的鸣叫,像一颗石子,投进了张牧原本就不安的心。一石激起千层浪。那夜他睡得很不安稳。恍惚中似乎听闻许多声响,那些声音切实存在于他的脑海里,就如进了剧场或者某场盛宴,那些混沌的黑逐渐清晰了起来,于是幕布就这样被拉开。诶,小伙子,准备好了吗,今宵夜尽终难忘。是谁的声响? 他还没有缓过神来,眼前就已亮起来了。

老式霓虹灯装点的旋转门外,交叠如城堡般的建筑上竖立着的圆筒形玻璃灯塔,夜晚时灯光璀璨。不断有人从张牧身边优雅地踱步走入旋转门,男士们穿黑西装、白衬衫或系领带或系蝴蝶结,身旁挽着的女士则穿各色裙装或旗袍。张牧身上则是直挺的黑西装、白衬衫,黑色蝴蝶别在衬衫领口,脚上穿着尖头黑皮鞋。红绿相间的霓虹旋转门外是穿侍者服的引导员,面对来人他们都会微微弯腰,一手放于后背,一手朝旋转门内摊开。张牧恍恍惚惚地朝旋转门走,他觉得晚上的酒劲还未全消,双腿仍有点软绵绵的。步入旋转门内,扑面而来的是管弦乐队吹奏的曲声混着爵士鼓,敞亮的大厅中央白色雕花大理石旋梯直通二楼,见到张牧走入,一位穿黑西服的侍者立马过来,他先是弯腰鞠了个躬,接着礼貌地问了一句:"张先生,今夜您的舞伴呢?"张牧没有多想,便回答说:"她正在舞厅里呢。"在侍者引导下,两人顺着旋梯步入了二楼,平整宽阔的舞厅映入了张牧眼中。来吧,今夜来,来打入这繁华的时代曲。舞厅边缘整齐地摆放着铺了白餐布的圆桌,墙壁上悬着绘画或大块闪亮的玻璃,像歌剧院似延伸出来的观台上站满了人,他们侧身谈论,端杯饮酒,女士戴着垂下纱巾的礼帽站在男士身旁。

　　舞厅里爵士乐团在前方的舞台上演奏,舞厅里挤满了人,方才引领张牧的那位侍者不见了踪影。舞厅灰红的灯光逐渐暗下,成了蓝绿相间的光束,舞曲慢了下来,好似要走向终止。混迹人群中,张牧感觉自己被一种上世纪四十年代的风情笼住了,那些穿长裙、旗袍的女人们把头发扎起露出光洁的额头,牵着将头发向后梳得平整的男士在舞厅地板上滑动。他四处环顾人群竟在离自己最近的圆桌旁看见了一位和苏宜紫长得颇像的女人,他本想上前跟她打个招呼,就在这空当里,一首欢快的舞曲响了起来,听着那前奏张牧颇为熟悉。吹奏消落后他望见舞厅明亮了起来,白色的聚光灯打在了舞厅最前边,朝着灯光方向望去一位穿着红色旗袍风姿绰约的女人正在灯光中央,她甜美的声音唱出了欢快的舞曲"*玫瑰玫瑰最娇美,玫瑰玫瑰最艳丽*",这张牧再熟悉不过了,因为陈小青曾喜欢这首曲子许久。苏宜紫正在他眼前要不要去问候呢,就当他犹豫中,对方已经缓步走向他了。对方似乎早已熟识他，没有多说什么，他俩就开始跳舞了，那是一段狐步舞，这种舞步张牧从未学过，但和苏宜紫跳起来却舒服又流畅，这种感觉令他奇怪。

舞厅地下是"弹簧地板"，跳起舞来能随着脚步轻微震动。张牧觉得自己脚底更加轻盈了起来，他就这样和苏宜紫跳了许多曲，舞厅的音乐已从姚莉转成了一首伦巴。苏宜紫摆动着身子，高开衩的旗袍在她身上恰到好处，就在张牧打算牵她继续跳舞时，他却从右侧的人群间瞟见了陈小青的身影，她穿着微黑的长裙下摆绣着漂亮的流苏。望着陈小青在旁侧与人笑谈的模样，张牧心神不宁，他无法再把注意力集中在苏宜紫身上和自己脚下了。张牧小心地控制着自己的舞步，试图牵着苏宜紫朝陈小青的方向舞过去，苏宜紫对此好似完全没有察觉，两人迈着舞步终于从那头滑到了陈小青身旁。张牧盯着陈小青望了许久，可对方却好像全然不认识他般没有任何反应，终于等到一曲终了，张牧鼓起了勇气邀请陈小青跳舞，她没有拒绝。舞厅的歌曲又转到了四十年代的风格，那是一首周旋的歌，节奏不慢，张牧牵着陈小青绕着舞厅转了几圈，等到了台前时他惊讶地发现，往日印在唱片封面的那个女人此刻竟站在舞厅灯光交汇的舞台上。多么不可思议。

起初张牧和陈小青跳得颇为顺利，可往后他却心烦意乱了起来，身后的舞曲转了几个风格便不再改变，陈小青的舞步虽优雅美丽但几个回合下来也令他有些厌倦。他俩从舞厅前端跳着华尔兹滑行到后端时刚好一曲终了，在舞厅右侧等待舞伴的人群里张牧再次望见了苏宜紫的身影，她那身紫红色旗袍在蓝色的灯光下散发出诱人的甜蜜。舞厅音乐换成了"*Rum And Coca Cola*"（朗姆酒和可口可乐),将方才单调的曲步打破,在这空当苏宜紫已经朝张牧走来了,几乎未想更多张牧便迎了上去,他将黑色皮鞋点地一个漂亮的滑步,向前转身,右手触到了她的指尖。"如果你曾到过千里达岛,那儿会使你忘返流连",配合活泼欢快的舞曲,张牧和苏宜紫跳了很多从未跳过的舞步,就在他俩跳起那时美国流行的"摇摆舞"时,张牧的脑海里突然出现了不连续的空白。舞曲变得时断时续,如收音机受了外来电磁干扰,他的耳畔时有嗡嗡的噪音,在那杂乱的噪音中一个声音凸显了出来,那是他父亲的,他分辨得很清楚,那声音说"你,是你,陈小青",舞曲还在继续冲淡了方才的噪音,可张牧却如受了惊,无法再集中注意力了。那声音又出现了,这次他听得清楚,"是你,是你辜负了陈小青啊",他听到了父亲在电话里与他说的那些话。舞厅里的歌曲越来越快了,张牧脑海中浮现出父亲那张紧皱的脸,陈小青正站他的左侧,他和苏宜紫还留在原地么?

他侧头望向陈小青,看着她流露出的眼神,水汪汪地在打转。这时舞曲变得更欢快了,爵士鼓、萨克斯齐声响起,演奏的节奏变换不定,整个舞厅里所有的舞步都变更快了。一个舒缓的过渡后苏宜紫前倾身子贴着张牧更近了,他能闻到她身上的气息如昨夜般令人着迷,玫瑰花与苦杏仁混合后的芳香,她丰腴的嘴唇开合着,他听到对方在问:"你快乐吗?"张牧不知道,他不知道,只是他脚底下的舞步随苏宜紫越发快了。张牧留心脚下的尖头皮鞋,舞厅地板的共振令他身子颤动,那感觉如已脱缰绳的野马再不受自己控制了。来吧,今夜来,来打入这繁华的时代曲。那声音又再响了起来,在张牧耳畔带着喜悦得令人难堪的语调,像是某种调侃。来吧,今夜来。他又听见了父亲说的那些话,"你还出去瞎搞,你啊,你。"陈小青还在那里吗,她还在么,张牧望向旁侧她还在,他是否要过去呢? 当他还在犹豫时,舞厅的音乐又变换了,那是轻微的甚至有些戏谑意味的曲调,他曾在电影《骗中骗》里听过。舞厅所有人都弯下了身子大笑了起来,他们双手捧着肚子,脚下却随着音乐左右扭着舞步,滑稽得有如卓别林在电影中装扮的形象。张牧眼前,苏宜紫正挽着他的手臂,眯着眼望他,仿佛是种邀请,他是不是该加入她们呢,她旗袍下的身子是多么迷人呀。

张牧挽紧了她的手臂,就当他准备凑近身子时,那声音又出现了,带着些许愤怒,那属于他父亲,他在说些什么呢? 还来不及细想,突然,整个舞厅里音乐、灯光全都终止了,像是被人中途掐断了,他听到沉寂里有人鸣枪,连续三声,像马蹄叩击在地上般脆响,有人倒地,许多人在呼唤着"陈曼丽"或者还是"陈小青"? 张牧已经听不清了。在隐约中他总觉得,似乎有人隔着某块不可见的帘幕,正远远地注视自己。还来不及多想,一声尖锐的鸣响如警报,刺破了他周身沉寂的混沌。他又听到了那声音。今夜繁华曲终尽,游园惊梦止未休。

【下篇】

8

张牧再次醒来的时候，外头的天才刚亮。房间里没开灯，四周的安静让他难受。躺在木板床上，他觉得自己被某种难以名状的感受捕获了。那种感受空洞、虚无，广袤却难以名状，他躺在床上动不了，四肢就像被钉住了。他想起自己前几天看的那部纪录片，觉得自己就像是那些被泥沙所压住的海龟。张牧忍着脚踝的酸痛，翻身起了床，他来到窗前，看见外头蒙蒙的雾气里，雨水淤积在公园泥地的凹陷处，淮杭那条绕城而行的灰色河流，在更远处经过湿润的三角洲，流入更平静的灰色大海。这让人想起女人平坦的腹部。

站在窗台前，他想起了昨晚的许多事情，脑海里浮现出许多与陈小青有关的情景。在身体隐约的酸痛里，他想起他俩在淮杭初次见面的场景，他还记起了他俩刚在淮杭住下的情形，这些都是张牧脑海里甜美的记忆。疼痛慢慢变得强烈，生理上的阵痛牵扯他脚部的神经，拉开了苦楚之网。他记得刚住进这个租房时，陈小青特意买了炊具，每天傍晚，她都会系着围裙在厨房里做菜，她跟张牧说，既然都住一起了，那以后就好好过日子，家里有了厨房就不要再随便下馆子了。那时张牧还没有找到工作，他俩的经济窘迫。稍许甜蜜是否能缓解伤痛，那安稳时日里寡淡的温馨。或许唯有困苦的冷静才令人更体味。如果这时候陈小青还在屋里，她一定在烧菜吧，他喜欢看陈小青做菜的样子，张牧想着，她做菜的时候头发梳成的马尾会晃来晃去，那样子可爱极了。

那脚踝的酸痛持续地蔓延。这种酸痛反复地发作,张牧唯有把注意力转移,才能熬过那些它来临的时刻。窗外的树枝上,昨夜吵醒他的那只鸟儿早已不见了踪影。那尖锐的声响,他曾在梦里听闻,那是鸟儿的鸣叫么?还是仅仅他自己臆想出来的呢?那声音尖锐、有力带着要打破静谧和安稳的决心,像是非把他叫醒不可的样子。窗外那些交错的树枝,冷峻、威严,发出不容置喙的宣判声。张牧想起他的父亲坐在客厅的沙发上的样子,那时他把去淮杭找工作的消息告诉了父亲,对方听闻后先是默默地没说话,张牧看见他整张脸都皱起了,有点儿像滑稽的沙皮狗,他原以为父亲会像他高考填志愿时那样严厉地斥责他,可是对方却没有。那时张牧望见父亲陷在沙发里,抿了抿嘴,他听见了一声轻微的叹息,他听到父亲说:"你呀,都这么大了,随便你去吧。"而父亲脸上那两条紧蹙的眉毛悄悄地松弛、垂落了。

陈小青曾为他买过止痛治伤的药。当这种疼痛来袭时,他想着忍耐可以渡过难关,可这次似乎没有他以前想的那么简单了。张牧弯下身,打开床头柜,翻出里边那盒疗伤的药,他看见白色的盒子上面印着"麝香祛痛搽剂"。张牧的父亲告诉陈小青这种药很起作用,他有关节炎,他肯定料想到张牧不会自己去买。张牧把盒子拿了出来,喷了少许药剂。床头柜仍敞开着,药盒的旁边躺着个黑色封皮的本子,张牧并没有留意,他把喷在脚踝的药涂抹完,就把床头柜关上,起身去洗手间洗漱了。等一切就绪,他穿好了衣服,准备出门去女房东那儿吃早餐。仍是早上七点半,女房东放着广播体操的音响刚被关掉,张牧准时地遇见了她的男友,他穿着皱巴巴的黑西服,拖着不算壮实的身子,从她的房门里迈出来。张牧想起昨天晚上女房东穿着蓝色薄衬衫挽着别人的样子,只觉得自己面前的这个男人可笑,被戴了绿帽子还不知道。照样是女房东招呼他进去吃早餐,她穿着那身粉红色的睡衣,细密的汗水沾在脸上粉扑扑的。早餐还是卤蛋和面条。就在张牧拿起筷子准备吃早餐的时候,他接到了王瑜的短信。

王瑜的短信让张牧觉得有些莫名其妙。短信的内容是邀请他去"蓝朵河"参加生日晚会,在短信里王瑜还特意强调了"今晚酒吧会有很多漂亮姑娘哦",张牧看着短信的内容,觉得王瑜这家伙昨天肯定是喝高了,大清早迷迷糊糊的,还把昨天的短信又重发了一遍。他想了想,给王瑜拨了个电话,打算调侃下对方,顺便问下王瑜昨晚过得怎么样。电话那头,王瑜的声音很清醒,压根没有喝多了的迷糊劲儿,王瑜接到张牧的电话,也觉得有些奇怪,他回复张牧说:"你小子昨儿是不是喝多了啊,我是今天生日啊,地点订在'蓝朵河'酒吧,跟你说过多少次了,你怎么还能弄错呢,不要多说了啊,我今晚来接你,开那辆和你一起买的小吉普!"这个回复让张牧听得一头雾水,他本想再问个几句,可对方已经把电话挂断了。

张牧觉得心里不是个滋味,他急切地想弄清到底发生了什么事,他觉得这很可能是王瑜弄的恶作剧。张牧本想再给对方打个电话,可望见坐在对面的女房东,他突然想起昨天夜里遇见她的情形,她昨天应该也看见我了啊,他想向女房东求证自己没有弄错。可想来想去,他实在想不出合适的问法,昨晚他可是看到她跟着个男的走一起的啊,还不是她那个公务员男朋友,难道他该去问她是不是出轨了?这样显然很蠢。就在这个空当,女房东已经起身了,她踱步到客厅里拿了张歌带放入了音响中,一曲上世纪老上海的歌曲缓缓流出,听着这乐曲,张牧的脑中突然浮现出了昨晚女房东胸口的那只鲜红的蝴蝶结,他知道自己该怎么做了,于是他开口朝对方问道:"胡姐啊,你是不是有件蓝色的薄衬衫啊,就胸口有个蝴蝶结的那个。我听人说可好看了,怎么没见你穿呢?"

女房东听完这话觉得有些奇怪,她回复张牧说:"以前是蛮好看的啦,那是我前夫送我的,都放在柜子里好久了啊。离我上次穿应该有四五年了吧,现在都旧得不行了。怎么了,想买件送女孩啊?我觉得那件都过时了呢,现在的女孩子啊,喜欢新潮!"张牧在心里肯定是一万个不相信,他昨天明明看到了那件衣服,她穿着还是崭新的,怎么可能是她前夫送的呢?张牧顺水推舟地回复说,现在流行复古款,他想看一看。女房东觉得一件旧衣服,看了也就看了,还能做个顺水人情,于是就答应了。女房东领着张牧到自己的房间。衣柜被打开了——衣柜被打开之后,张牧突然懵了。他昨天看到的那件蓝色薄衬衫,正挂在衣柜的最里层,而它的颜色也远没有昨天他看到的那么明亮,相反它已经因被放置太久而灰扑扑的了。张牧在衣柜门前呆立了至少一刻钟,他的脑子热烘烘的像个锻铁炉,他不断地重新搜索着与昨天有关的一切。从衣柜重回客厅,张牧下定决心要弄个明白,他想今天就跟着王瑜再去酒吧,去看看到底是什么名堂。客厅音响中周璇的声音还未休止,那甜美又略微尖细的声音,令他觉得颇为熟悉。向女房东道了早安后,他把碗筷收拾好,便转身离开了。

张牧走进了楼道。楼道狭长、昏暗,张牧心里乱糟糟的,还未来得及去想更多事情,他便听见那悠扬的口琴声再次响了起来。飘扬在楼道里的乐曲和昨天的一模一样,不过这次它显得更响亮也更流畅了。张牧仔细地听着，这熟悉的旋律像一缕清泉缓缓地流进了他的耳朵，这声音缓和了他内心的焦虑，张牧把自己的脚步慢下来，轻轻地呼吸，尽量把更多的注意力集中在耳朵上。他仔细地听着，他感觉那声音隐约是从楼道的右边传来的。张牧循着声音的方向缓步走去，他确信自己的方向没有错。那声音越来越清晰了。张牧走到了楼道当头，外边清晨的阳光，正透过窗户柔和地投落进来。隔着窗户玻璃，张牧望见在外头的小草坪上，一个穿着蓝色运动服的中年男人，正陪着一个小男孩儿在玩耍。张牧从小男孩脸上幸福的微笑猜测，那男人应该是男孩的父亲。小男孩骑着一辆矮小的蓝色单车在草坪打转，他的父亲则弯着腰，跟在他身后，一边吹口琴，一边摇头晃脑佯装做要追赶小男孩的样子。小男孩奋力地蹬着车轮，把脚底下那小小的轮子踩得飞快，脸上乐开了花，小男孩的父亲则咧着嘴笑得眼睛眯成了一条缝。看见这个场景，张牧觉得自己的心突然松软了，方才紧张的情绪也淡了很多。他离开了楼道，朝着单位的方向走去，他在心里期盼着晚上的宴会能早点到来。

淮杭春雨过后的傍晚，张牧觉得一切如常。王瑜开着那辆黑色小吉普来接他了。他开着和昨天一样的玩笑。商业街里，穿着动物园工作服的宣传人群，举着印有动物园图标的牌子和宣传画，走在人群里发放宣传的单子。张牧望见那幅宣传画上边写着动物园最近的活动，旁边印着金钱豹、猴子、黑熊、狮子以及其他许多动物的图片。那头满身棕黄鬃毛的狮子令他印象深刻。绕过几个弯，张牧跟着王瑜，走过光滑的石板路，来到了"蓝朵河"。酒吧的老板张牧昨天见过了，那个蓄着山羊胡的男人指着隔间里的装饰，对张牧和王瑜说，这可是地道的布宜诺斯艾利斯风情。在张牧记忆中，一切都和昨天晚上那么相似。人群稀疏地入场，外头两棵高大的槐树，在酒吧门前投下清晰的影子。张牧甚至开始怀疑自己的感知，是不是真的出了问题。舞会开始后，酒吧气氛被调动了起来，苏宜紫出场前的喧闹一如往常，她这次更性感了，通体发亮的黑色紧身舞裙，在薄薄的蕾丝材质下丰腴的身体若隐若现，她的身材真好。苦杏仁里浇了蜜桃汁，在板结的土地里结出丁香；四月，春雨挑动呆钝的根。她伸出白皙的手臂触到裙角，随着乐曲轻轻撩起，幽蓝的灯光投到她身上，她多像在黑夜的精灵。在苏宜紫表演完之后，王瑜仍是把她招呼了过来。张牧再次被眼前苏宜紫那迷人的身体所抓住，他脑袋里一片空白，只顾着和她喝酒，私底下觊觎着苏宜紫那火辣的吊带礼裙下面雪白、柔软的身体。他感到自己内心的欲望在不听使唤地蠢动；四月，春雨挑动呆钝的根。

　　拉着苏宜紫从酒吧后门出来时，张牧回头望了眼酒吧，他看见在欢庆人群的脚下酒吧的地板上正泛着幽光，那像是波澜泛起的蓝色湖面。他还是碰见女房东了，在河边湿润的晚风里，她胸口那个红色蝴蝶结令张牧恍惚的神智陡然清醒了些。女房东没有和他打招呼，就像完全不认识他一样，他专注地望了女房东身旁的男人一眼，之后便匆匆地领着苏宜紫去往酒店了。当晚张牧的激情并未有消减。可他却在和苏宜紫做爱时感觉有什么地方不对劲。他说不出来，他也不愿再想，他再一次沉浸在了情欲的浪潮中。她像个精明的猎手。她设下了巧妙的陷阱，捕获了他的身体，俘虏了他的心智。她令张牧意乱神迷。张牧完事后，便自顾自地倒在床上睡去了。他睡得不好，脑袋又昏又沉，一直嗡嗡地响。

　　到凌晨四点时，一声尖锐的啼叫划破了他的睡梦，张牧猛地睁开了眼。几点了？天亮了吗？她还在么？是不是走掉了？房间里漆黑一片。张牧转身望向旁侧，苏宜紫正把他放在她身上的手臂挪开，他尴尬地把手缩回，他问对方是不是想找水。苏宜紫没有回答。紧接着是"啪"的声响，非常清脆，他听见苏宜紫抱怨："你的屋子里有蚊子啊。"张牧撑起身子，直直地坐在床上，他看见苏宜紫把衣服整理好，穿上鞋子，从房间里迈步出去。她甚至没有告别。高跟鞋磕在地板上，发出乱糟糟的响动。随着沉闷的关门声，苏宜紫从他的房子离开了，张牧呆坐在木板床上，脑袋里茫然一片，他摸到床头的那盒烟，抽出一根点上。多么相似，这一切多么相似。张牧被烟呛到，他开始咳嗽，等着平缓下来，他僵直身体躺倒在了床上。塞满房间的恍惚静静扩散，淹没了他，像海浪慢慢地淹过岸边的礁石，没过了他。在床上他大口抽烟，深呼吸，烟头忽明忽暗，他从恍惚的幕布里探出了头来。他觉得自己正逐渐清醒起来。

房间里除他再无别人。地板上留着苏宜紫穿过的陈小青留下的性感衣物。张牧说不出的难受，他觉得喉咙被堵住了，房间里的沉闷像海绵，吸水变重，把他胸腔填满。刚刚的鸟鸣是梦里吗？那尖锐、响亮的声音在窗外反复了许多次。他灭掉烟，拾起那些衣服，整齐地叠在床头。呆呆地看着那些衣物，张牧感觉不到任何的性感与诱惑，他只觉得孤独，在沉闷的夜色里多么孤独，他不知道刚刚那个女人——苏宜紫，到底和自己有什么关联？他想他俩或许根本就没有关联，只不过是某些催情的巧合让他们碰到了一起。"那些孤独所缔结的伤口，只有色情才能抚平，抚平你，抚平你那渴望被幸福摧毁的心肝。"他突然很想念陈小青了，此刻，他孤独地坐在床上，嗅着房间里生铁般寒冷的沉寂，他觉得自己满脑子都只有她了。他想念陈小青扎起的马尾一晃一晃的模样,他站在厨房门边看见陈小青系着紫色围裙的样子,她站在湖边的夕阳下,黑色的连衣裙随着晚风轻轻地扬起,六月的微风夹着湖水湿润的气息。房间里充满了空洞的寂静还有逐渐扩散、蔓延的黑。她伸出纤细的手臂装作要打他,还边笑着说:"你呀! 你真是色胆包天啦!"还有他俩的争吵,陈小青就那样站在房间里,她边摇头边哭,她的眼泪像是两条决堤的悲伤河流,不停地流淌,可他却什么都没做,他只是木讷地站在那里。窗外为什么没有鸟鸣了? 来点声音也好啊,随便什么。他看着她孤零零地站着,望着她诉说、哭泣。她多像被遗落在了荒野的小猫啊。她是无助的,需要关心和抚慰。哪怕仅是一个沉默的拥抱。可他却只是木讷地站着。四周只有不流动的,死水般的沉寂。

窗外的鸟鸣消失了。张牧无法确定那尖锐的啼叫究竟是从哪发出,是他的梦还是窗外? 房间里烟味缓慢地扩散,他重又想起了在商业街见到的动物园那图。那头年老的狮子。他曾在动物园的铁笼子里见过,它在里边垂着头,缓慢地踱步,透露出一股年迈的迟钝。他看过的那个纪录片里,在荒野上和狮群走散的老狮子,它挪动四肢,背脊也随之缓慢地起伏,关节炎,它在非洲炽热的原野上奔驰过么,那张皱起的脸,它年轻时也曾是狮群的领袖么? 张牧突然想到了自己的父亲。他的脚踝又缓慢地疼了起来。他把自己要去淮杭工作的打算告诉父亲时,他凝视着眼前那张皱起的老脸,他发觉往日那双蹙起的眉毛,悄悄地松弛、垂落了。那只离开了自己子辈的老狮子。那个失去了自己王位的流亡国王。他听到对方呼出的那声轻微的叹息。很多张牧想了许久的问题重新来到了他的脑子里。他想起了牛顿,他想着究竟是种怎样的"力"把人和人牵引到

一起来呢？眼下这些何时是尽头？

究竟是什么？那些被隐秘又强大的规律所牵引的相依。人们口中常说的"宿命"。牵引他和陈小青走到一起的究竟是什么，而苏宜紫呢，是生理冲动和情欲么？那他的父母、她的家庭、他的爷爷，又是如何与他联系起来的呢？他不知道。他不知道那亲近又遥远的关联究竟是什么。他又想起了那些悬浮在天宇间巨大的天体，它们昼夜不息，孤独地转个不停，它们如此遥远，可又多么真切。张牧只觉得无助。苏宜紫离开的时候还回望了他一眼，她会懂吗？张牧不愿再想了，他只是很想再见他们一面。

9

张牧躺着，就如乘着木筏飘荡在无际的海洋里。那令他熟悉的虚无、沉寂又空洞的感受，仿佛带着旧日的温度，从他已逝的日子中递送过来。那像他望不见的阴影，夜色在这即将消逝的夜晚又把那沉重的虚无摆到了他的面前，这令人难熬的感觉简直如阴森森的高墙般难以穿越，这阴影跟随他已久。躺在木筏上，摇摇晃晃的感觉让张牧瞌睡，他只能感到摇晃却又无法感受到移动，如果透视地看这个场景他想或许是这样：仿佛一叶扁舟悬浮在孤独的静止里，汪洋的大海中只是上下颠簸，却并不前行，直到它以难以察觉的速度接近难以穿越的陆地，慢慢地转了过来，逐渐露出开阔的小湾；张牧入睡了，那就是舞会的泊地了。

这次没有老式霓虹灯装点的旋转门，也没有交叠如城堡般的建筑。张牧环顾周身，穿着羽绒服头戴针织帽的年轻姑娘挽着男友走动,更远处是手举荧光棒的小孩在父母的簇拥下玩耍,人群中央那口竖起的大钟表盘投射在四周的白光里,这里是淮杭市的雨花广场,宽大的荧光屏滚动地播放着这年仍剩的时间。张牧望了眼那上面的数字,31分58秒,这令他熟悉的数字。他仍记得自己和陈小青初次跨年时就是在这里,他俩从旁边的公园散步到了这里,可如今陈小青在哪呢?淮杭冬日的空气干冷,呼吸时能看见鼻腔里呼出的白色雾气,和春日不同,吸入这空气人们的肺会生疼。仿佛是不让张牧想太多似的,广场有人在放爆竹了,新年不是还未到么,张牧朝那声响望去,发现放爆竹的是几个调皮小孩。在这连串的响亮爆竹声里,一段悠扬的口琴声显现了,它带着独特的颤音,从高音区缓慢地往低音部滑去,旋即又迅速地转回,这种吹奏方式他曾十分熟悉,蛰伏在他脑中的记忆竟以这样的方式归来了。

人群中有人呼唤张牧的名字,那声音他熟悉极了。张牧转过身去,在离不远的广场凉亭里他望见了那几个他再熟悉不过的身影,个子不高的男人穿着灰绿的棉袄,他看上去没有那么严肃、冷峻,相反透露着老迈的温情,他的身旁是位穿羽绒服的女人,她穿着红色羽绒服的样子令他想起许多夜晚的汤,就在他俩旁边是位老人,他挺直身子头戴一顶黑色的保温帽,像多年前坐在张牧身旁的样子。这些人他再熟悉不过了,这是他的父亲、母亲,还有爷爷。寒冷的空气中还能嗅到晚风吹拂来河水的气息,夹杂着冬季公园里阴郁的花香,这一切多么真实。张牧不知道他们是如何来到这里的,他甚至不知道自己究竟是在梦中还是真的站在雨花广场拥挤的人潮里。顾不了这么多,他便朝那些人走去了,在这些令人生疑又困苦的日子中,他多想能再见他们,他有太多的话要说了。张牧快步走去,就在他即将走到他们面前时,却又被拉住了。张牧侧头看见了陈小青正咧开嘴笑的脸,那微眯的眼他有多久没有再见了呢,他不知道,她穿着那年冬日他送的蓝色大衣,甜美的笑容如泉水般淌进了他的心。

太快了,在这冬日的夜晚,那些早已远离的事物却突然被他捕捉到,这些都来临得太快,让人不由地想去分辨这究竟是否发生在梦境。张牧被喜悦拉拽着,还来不及细想,他便跟着陈小青往前走了。盯着眼前的这个人,张牧心里是怎样的滋味呢,那些早已被他错过的日子却再一次地降临在了他身上,仿佛从未远离或者仅是刚刚才发生,这令人欣喜的恍惚,他宁愿沉浸其中,即使永远是这冬日的夜晚,即使新年的黎明还没到来。是欢快、明亮的乐曲声,将张牧从怀想中剥离了,他眼前是"福音"音像店林立的货架,整齐的木架上叠着许多的音乐碟,店里悬挂的音箱反复播放着"Happy new year",像在为即将到来的新年做准备。这熟悉的旋律和场景,勾起了他心底的失落,张牧下意识地环顾四周,在耳畔欢快乐曲滴成的小河里,他身旁没有了陈小青的身影,只有在货架间逡巡的穿着冬衣的行人。张牧停下了脚步,他急切地想去寻觅那已不见的身影,像许久前曾做过的那样,就在此时乐曲声也恰到好处地停止了。张牧突然停下了,这次他没有慌乱地探头寻觅,相反他扬起了头,像是正在等待某位老友的来临。她发声了,就在张牧将头抬起的那刻,音像店悬壁的音箱里再次播放出了那段悠扬的女声。那声音带着细腻、深沉的柔情。

像黑夜里远道而来的友人,乐曲重又抚慰了他已失落的心。张牧听到有人吹口哨,那哨声悠扬像是他曾在哪里听闻,接着递次来临的是人群的欢呼,他缓过神来发觉自己已在雨花广场了,陈小青正挽着他的手臂抬头站在他的身旁。喧嚣的人声似乎都在热切地等待那即将来临的时刻，好比童年时他曾与玩伴等待南方久违的落雪，即使黑夜仍没有要亮起来的意思，那巨大的荧光屏幕上倒计时也已走到了尽头。突然轻飘飘的，就在所有数字都要归零的时刻，轻飘飘的，整个雨花广场想起了悠扬的曲子，那是《Le Nozze di Figaro》，张牧曾与陈小青听过许多遍，它诙谐又幽默，轻快的节奏像是少女在湖面踏着轻盈的舞步。整个广场静了下来，人群仿佛正在共同地等待着什么。

张牧望见荧光屏上计时表不见了，显现出来的却是他曾见过的上世纪四十年代的大舞厅。蓝绿相间的灯光里，许多穿黑色西服、白色衬衫的男人正挽着穿旗袍或长裙的女士跳舞。镜头渐近，落在了一对正在舞蹈的年轻人身上，那女人微黑的长裙下摆绣着漂亮的流苏，随着转动的步子轻轻地飘起，那是他和陈小青。舞曲快要结束了，他俩收敛起了脚步，踏着最后一个音符，朝镜头优雅地鞠了个躬。接着，荧光屏上显现了巨大的"新年快乐"的字样，整个广场都响起了欢呼声，似乎在场所有人都在为已来临的新年庆贺。张牧感到自己的手被人握紧了，他环顾四周，发现身旁正站着他的家人，还有陈小青。他不知该说些什么，关于所有这些令他莫名其妙的事，他弄不明白是否巧合或者机缘，只是当他再次望见这些自己熟悉的脸庞时，他知道，自己有多想上前去紧拥住他们。

10

"那是我最幸福的日子。即使我现在想来还是这样。"女房东坐在张牧对面,拿着筷子搅拌着碗里的面条,她的脸颊粉扑扑的。有那么片刻,张牧觉得她脸上的粉红快要凝滞了,就像她的微笑一样。"那时候我还以为那件衣服我每年夏天都会穿的。至少会穿给他看。那是五六年前的事了吧,你看看,时间过得真快。那时候我俩才刚到淮杭,我们想在这里生活好好生活,我俩结了婚,开了个小旅馆。就是我现在的这间。"她低头,用手摩挲着桌子上的那件衣服,抿了抿嘴角,"这件衣服他刚送我的时候真是很漂亮啊,那红红的蝴蝶结明亮得很。他是在我生日的时候送给我的,他说:'以后每年的这时候你都可以穿着这件衣服啦。'他还第一次带我去了酒吧。他说以后每年我生日的时候他都会带着我去那里的。"她突然不说话了,她沉默了一阵子,张牧看见她的嘴角正往下撇,他知道她正在努力地忍住悲伤。

"可是他变了。当我俩的旅馆生意好起来之后他就不一样了。我不知道是为什么,我尽力地对他好,可是他还是变了。他变得喜欢出去玩,喜欢和不同的女人搞在一起。起先我是在忍。我总想着他会变回来的,每次想起我俩的那些快乐的日子,我总会对自己说'他会好起来的,他只是需要些时间'。我想着办法留他下来,那时候我为了他什么都愿意去做,可他好像根本就不在乎。"张牧静静地听着,他看见她用手抹了抹眼角,他觉得他俩仿佛已经相识多年。她继续说:"可是我真的忍不下去了,他一点都没有改。就像是挑衅一样,是'挑衅',你懂我的意思,是么?他在我生日那天居然带着女人回来乱搞。那时候我跟他说,自己要出去一趟,去我的亲戚家。他信了。我本来想给他一个惊喜,我穿着他买的那条裙子在晚上回来了,我本来是想给他惊喜的啊。可是我看到了什么呢?他和别人搞在一起,在我和他的床上。你完全无法想象我的失望,我的无助,你永远无法想象。"她把手里的筷子放下,倚在凳子上,往后仰了仰头,就像是要把那些在眼里打转的泪珠收回去。接着她说:"我决定离开他了。后来我离开了他。"

张牧坐在她对面不知该说些什么。他本无意让她这样。他只是想知道一些事情,却没有料到这些故事后边的那些。张牧多么想去安慰她,他是多么想在脑子里找些话语去安慰她啊,可他找不到合适的字句。他只是觉得她说的这些场景令他多么熟悉,可是他又无法确切地将这熟悉落实。他的脑子里茫然一片。在她后来的讲述中,张牧得知,她的前夫在她离开他后曾经销声匿迹了好一阵,旅店由她在管,那些日子里她以为对方会来找她,她还在等,可是最后得知的消息却是他已经离开淮杭了。张牧把碗里的面条缓缓吃完,他找不到应付这种事情的方式。面对这些,他好像从来都只会沉默。吃过早餐他就离开了,他跟她说了再见,而对方只是呆呆地坐在椅子上。

张牧走在楼道里。楼道里颇为安静,这安静让他觉得难受,他总感到少了些什么。他意识到了今天楼道里没有口琴声了。在空荡荡的楼道里除了他的脚步声,再没有其他声音了。那悠扬的口琴声消失了。他沿着楼道走,软底鞋踏出沉默的轻响,这声响空洞又失落地在通道里回荡,他心里期盼着那口琴声会再次响起,就像以前的许多次那样,可他能听到的却是整个楼道冷漠的回答。或许它根本就没有回答,它沉默着,仿佛正冷峻地回绝了张牧的试探。张牧走到了楼道的尽头,他来到窗前,探身望向外头,他盼望着能从楼道的窗户里看到那对父子的身影。可外边的草坪上空荡荡的。柔软的阳光仍平和地投落进来。张牧不再有期望了,他感到怅然若失,已准备好了去接受外头街道上车辆嘈杂的声响。他走出了楼道。那熟悉的口琴声在早晨微薄的凉气中显现了,伴随着爽朗的笑声,张牧循声望去,看见那对父子正在楼房旁高大的槐树下玩耍,父亲正教小男孩吹口琴,他俩还是穿着昨天的衣服,那辆蓝色的小自行车斜斜地倚在树干旁。张牧本想上前去和他俩说说话,但是他想了想还是作罢了。他俩多么幸福啊,多么平和、安稳又暖人的幸福。他父亲年轻时也这样的温和、帅气过。他不愿去打扰他们。

夜晚,张牧又坐着王瑜的车子去了酒吧。在车上,他对王瑜开的那个玩笑没有任何的感觉。吉普车快速地滑过街道把行人纷纷甩到后头。他觉得那个笑话根本就没有什么好笑。王瑜说完那个笑话,只顾着自己笑去了,他根本没有留意张牧的反应。在王瑜令人熟悉的笑声里,张牧想起了苏宜紫。这个笑话让他恶心。在商业街他仍看见了那个宣传海报。人群穿着动物园图标的衣服举着牌子,那上边印着的图片,让他从寻觅中再次捕捉到熟悉的亲切。那个蓄山羊胡的小个子男人,他站在酒吧隔间里,指着墙壁上的装饰,脸朝向张牧准备说话,他身后的人群缓慢聚集。张牧顺着他手指的方向望去,隔间的墙壁上挂满了油画,在这些油画中有一幅西班牙的作品,陈小青曾跟他提过,她说这是一位名叫坎塔耶茨的艺术家画的,它的名字叫"命运"。山羊胡伸出手,指着那块挂着油画的墙壁准备说话,他张开嘴却还没来得及开口,张牧就抢先说道:"这是地道的布宜诺斯艾利斯风情吧。"这让那男人觉得奇怪,那张留着山羊胡的脸上嘴咧得有些僵硬,他稍有惊讶,但马上就应和着张牧:"一看你就是行家啊!我精心布置的装饰你一眼就看明白了!"

王瑜生日宴会是晚上八点举行。张牧和王瑜到酒吧隔间的时候还只有七点半，酒吧门前那两棵槐树撑起的伞在路上投下柔软的阴影，时有微风，酒吧还没太多人。山羊胡和王瑜已经开始喝酒了，张牧则在酒吧里逡巡，他仔细地观察着整个酒吧的布局、装饰，像是在核对某些预先计划的事。他在酒吧转了几圈，已经到七点四十五了，参加宴会的人陆续到场，热气逐渐从聚集的人群里冒出来。张牧走到王瑜面前对他说："哥们，我觉得这个酒吧隔间蛮有特色的，今晚你办生日宴，我来帮你打打下手！"接着，他提出了自己的想法，张牧说他想在酒吧当一晚上的酒保。这个想法令王瑜和那个山羊胡男人觉得有些奇怪，但他俩还是答应了。就在张牧去换酒保衣服的时候，他俩还不忘提醒，待会儿有精彩的表演，到时候要记得加入他们。张牧满口答应，他匆匆地踱步到了换衣间，换上了酒保的衣服。在换衣间里，张牧还特意选了顶深色的帽子，他压了压帽檐，刚好可以半挡住脸。生日宴开始了，酒吧里有蓝的灯光亮起，墙壁上挂着的音箱流淌出舒缓、动听的歌谣。张牧选了个离人群颇远的柜台站着，那地方临近酒吧后门。宴会上的人们玩了起来，酒瓶在人群中传递着，大家都不知道张牧在柜台那边做什么，也没人留意，他们几乎快把他忘了。张牧知道他自己在做什么，他想起中午的时候女房东和他讲的关于她前夫的事情，他知道自己推算好了时间。五年了。他知道自己正在等待。

　　张牧穿着酒保的衣服在酒吧柜台里站着，带着河边湿气的风不时地从酒吧后门吹进来。那边欢庆的人群里，苏宜紫开始表演了，酒吧的音乐变得明快起来，中央的灯光闪烁着幽蓝的光芒，那光芒配合着音乐变得魅惑异常。苏宜紫穿着紫红色的蕾丝吊带裙，丰腴的臀部被蓝色的小裙子包裹,她蹬着鲜红的高跟鞋,嘴唇上浓艳的唇膏在闪光灯的照耀下,散发着蛊惑人心的光泽。她踏出媚人的舞步,把舞会推向了最高峰,酒吧里的人群爆发出热烈的欢呼。在此起彼伏的欢呼声里,张牧站立的酒吧后门不断有人进来。

张牧等了许久,苏宜紫的表演已经进入最精彩的部分了,在人群越来越响亮、尖锐的欢呼声里,他望见两个年轻人从酒吧后门进来了。张牧低着头,掠过低低的帽檐,他看见那女的穿着浅黑的长裙,男的则穿着件深蓝的牛仔衬衫,他知道自己等的人来了。两个年轻人落座后点了酒,张牧不会调酒就只好斟酒,他起先不敢抬头,生怕那两人看到自己。他在等待时机。眼前的两个年轻人越喝越欢了,他俩还不时地高声呼喊,应和着隔间中央那些欢庆的人群,这时张牧才敢稍稍地抬起头来。隔着自己低低的帽檐向前望去,他看到了陈小青。她喝得满脸绯红,像是有两朵绚丽的晚霞贴在了她的脸颊上。多么可爱,张牧想。苏宜紫正在酒吧的那边跳着热烈的舞蹈,张牧不想回头去望,他的所有心思都在他眼前的这个女孩身上,她笑起来的样子,她和旁边的那个男孩斗嘴的样子,张牧本想去说些什么,可是他什么都说不出来,在酒吧热烈、喧闹的气氛里,他只想静静地看着、听着。

生日宴到了最高潮,张牧听见酒吧的音箱里,有人合唱了一首《广岛之恋》。接着,他看见有个男人牵着穿红色吊带礼服的苏宜紫从欢庆的人群中走了出来,他不说话,只是默默地给眼前的那两个年轻人斟酒,他瞥了一眼那个牵着苏宜紫的男人,他觉得他那醉眼蒙眬的双眼真的好滑稽。那双被欲望冲昏了脑袋的红眼睛宛如家兔般聪明伶俐,他曾经多么的熟悉。夜晚悄悄滑过去了,如外头明暗的流星,不知不觉间就消失不见。

张牧好想和眼前的那两个年轻人说些什么,他想和陈小青说,他更想跟那个穿深蓝衬衫的男孩说,可他找不到合适的方式,他也没有勇气。他站在酒吧的柜台后边,反反复复地在心里默念,斟完这杯酒就说,可他却找不出合适的话来。他该说些什么? 他又能说些什么呢? 他只是默默地站在那儿。他摸到了自己酒保的衣服里有支笔,还有纸,可他不敢拿出来。他不敢面对陈小青那笑容灿烂的脸庞。那曾让他心醉,令他想念不已,如今在他眼前可他却无法触碰的脸庞。爱是什么? 他想起塞林格的那句话。爱是什么? 爱是想触碰又收回手。他徘徊着,他眼睁睁地看着那两个年轻人走掉了。

生日宴结束之后,张牧又看见王瑜了。他抱着个喝得醉醺醺的年轻女人,满脸通红地跟张牧打招呼,张牧走了过去。对于张牧还在酒吧里这个事情,王瑜只觉得奇怪,他张开满是酒气的嘴朝张牧说:"诶,你小子怎么还在这儿呢,你不是把苏宜紫弄走了么,怎么这么快就回来了? 难不成就完事了?"张牧不置可否。他只是摇了摇头,没有回答。

11

站在"蓝朵河"酒吧门前那两棵大槐树浓密的枝叶下,张牧望着周围来来往往的人群,路灯渐渐亮了,灯光氤氲出淡黄的雾气。王瑜已经在酒吧里面了吧。张牧静静地站了一会儿,借着路边昏暗的灯光,浏览着那个黑色封皮的相册。看着里边的照片,他的心里涌动出一股暖流。时间差不多了，他知道还有事情等待着他去完成。酒吧隔间的墙壁上，那幅坎塔耶茨的《命运》在酒吧昏暗的灯光里，暗暗地发着微光。画里的内容张牧如此的熟悉。他走近了那幅画，伸手抚摸那金色的画框，那些起伏的纹路如波纹般交织在一起。张牧看了看画里那位穿着黑色囚服的年轻男人，他记得陈小青曾说过这幅画还有另一个主题，他知道那个主题是什么。他默念着那个主题，他想起了他的父亲还有陈小青还有许多的人，他在心里暗暗地叹了口气。

张牧走进了酒吧隔间的第三道门。王瑜和山羊胡正在外头喝酒。张牧在换衣间里逡巡，他四处翻动桌屉，终于在房间的某张桌子里发现了支笔。他把手上拎着的酒保服穿上，对着镜子仔细地把衣领抹平，一切准备就绪后，他想了想，把那支笔放进了口袋里。他又开始在房间里找了起来。他在寻找一张纸。那张纸的具体位置他已经记不清了，他凭着感觉去摸索，终于找到了它。他用笔在纸上写了几句话，接着把笔和纸条藏进了自己的衣服口袋。张牧寻到了酒吧后边的柜台，他站在那里，嗅着从门外吹来的带着河边湿气的晚风，那咸湿的气味让人想起海面上跳跃的白色浪花，一朵盖上一朵，像是被人轻轻地踹起，又被后头的海浪淹没。张牧把自己的心思沉下。他在等待着那两个年轻人的到来。

他们终于来了。张牧把黑色的帽檐压低，他不能让他俩看到自己。这次他下定了决心要做些什么。酒吧的音乐逐渐变得神秘而妖娆，这令他熟悉的曲子，鼓点更密集了，贝斯的声音于空中穿巡，他知道苏宜紫要开始跳舞了。张牧只是低头倒酒，没有抬头。响亮的音乐声被他拨开，张牧专注地听着眼前女孩说的那些可爱的冷笑话,他想象着对方说笑话时眉毛扬起的样子。他觉得很温暖。时间静静地流逝,张牧眼前的那个男孩已经喝得有些恍惚了,他俩准备离开。这刻张牧还是犹豫了。那女孩催促着男孩起身离开,张牧把手放进衣服口袋又拿出来,如此反复了许多次。男孩起身了,他准备朝着酒吧后门走去,张牧终于鼓起了勇气,他从衣袋里拿出了那张写了字的纸条,佯装做要去扶那男孩的样子,迅速地把纸条塞进了男孩的上衣口袋里。他在心里祈祷,他希望对方能看到。他知道自己的字迹从本科毕业就一直没有变过。

生日宴结束后,王瑜喝得满脸通红地来找张牧。他双手环抱着个年轻的姑娘,戏谑地问了几句关于苏宜紫的问题,张牧知道对方并不真的需要回答。他知道王瑜只是喝得太多了。张牧目送王瑜搂着个年轻的姑娘离开了酒吧,他换下了酒保服,步行到柜台和那个山羊胡老板聊了几句,就从酒吧后门出去了。酒吧后门外邻着条河,到了深夜,路上的行人稀少,河水在路灯下流淌着,张牧想,九月份的淮杭是多风的季节,到了晚上更是如此,他把自己的衣服拉得紧紧的,可这时河风却未有明显。轻柔的晚风缓缓送来河水的气息,张牧孤零零地站着,感到自己脚踝的疼痛正逐渐地消失,他望着眼前那宽阔的河面,不知不觉间,身边多了个人。那人拍了拍张牧的肩膀,他侧过头望去,原来是酒吧那个蓄着山羊胡的老板,此刻他已经换了身深色的衣服,站到了张牧的身边。在夜色里,他衬衣的胸口别着枚银色的徽章格外明亮。

那个山羊胡老板对张牧说,当初选这个地方建酒吧,也是因为这儿有条河啊,赶上这种时候,静悄悄的,一眼望去多么有布宜诺斯艾利斯的情调啊。只不过再过阵子就要起风了。酒吧老板说完这话,拍了拍张牧的肩膀,之后就不说话了。他俩在河边沉默地站着。嗅着河水湿润的气息,张牧开始想象布宜诺斯艾利斯的模样,或许它有浅色调的房屋和宽阔的广场,下午四点热气消散,楼宇间夜色正缓慢地聚集。张牧感到自己口袋里的手机震动了,这嗡嗡的声响把他从布宜诺斯艾利斯的幻想中牵了出来。他拿出了手机,发现那是他妈妈发来的短信,整整六条,还附了张照片,他逐一查看。他的父亲终于也六十岁了。张牧看着母亲发来信息,他想起了父亲松弛、垂落的眉毛,他似乎看到了那头年老、沉默的狮子那温情的侧脸。他决定给父亲打个电话。在电话里他将收敛起自己往日的芒刺,平和耐心地对待所有他惦记的人。

河边的晚风,渐渐大了,张牧上衣的领子被吹得飞舞了起来,沉寂的黑被搅动打破,仿佛广场的灰鸽受了扰动纷纷飞离了人群。张牧倔强地抓紧了眼前的栏杆,他对渐渐大起的风声全然不顾,只顾着专注地望着眼前那条宽阔的河流。人群匆忙地行走着,仿佛正在躲避某场突来的雨水,张牧眼前朦胧得像沾上了晚风的湿气。他想起了曾看过的那部法国电影,在影片的结尾,万人赤裸地在广场上铺展开身体,他们被嗅觉所蛊惑寻求着最原始的刺激,空气里飞扬着不安和骚动的气息,而在这些波动起伏又灼热的场景里,主人公孤独地站在断头台前却回忆起了那个剥杏仁的女孩。这柔软带着温热,像送给爱人的被折叠的手巾,那时他已经掌握了迷惑人心的方法,却无法得到一个他想要的亲吻。爱,多么珍贵又难以捕获。爱,失去难再得。

河面上的大风仍在刮着。张牧立在河边上,他孤独地扶着河边的栏杆,河面翻腾起暗色的波浪,那种难以名状的感受再次涌来。

望着眼前流动的河水,张牧感觉正只身飘荡在漫无边际的水域上,身边连绵的水浪已把他远远地推离了陆地。忽然之间,他想起了陈小青曾给他唱过的一首歌,名字叫"何日君再来"。明天究竟还有怎样的事情在等待,他不知道,就如他不知道是否还能再与她重逢。今宵离别后,何日君再来。明天还能见到她么? 张牧暗暗地问自己,他企盼眼前的河流能给自己答复。可河流却只是沉默着,急急地向前奔去。他想起了晚上给那个男生塞的纸条,他望着眼前波涛翻滚的水,期盼着男孩能懂,他希望自己的那张纸片能在男孩需要的时候变成一艘船,能让他和陈小青再重逢,能载着他俩一起在风浪中驶向彼岸。

12

王瑜走后,张牧准备独自回家。从"蓝朵河"离开的时候已经很晚,河边的晚风吹了阵子逐渐停息,张牧和酒吧老板在酒吧后门小走廊里聊了会,再喝了几杯酒,之后便彼此告别了。就在张牧举起酒杯和山羊胡饮下当晚最后一杯酒后,他想起了王瑜那双微眯的眼睛,便一脚踏入了外头的夜色中。从"蓝朵河"到租屋的路途并不遥远,往日搭乘王瑜的小吉普只能沿大街,此时他独自步行,决定绕个近道。

这条小路他从前走过,这里到了夜晚行人寥落,没有了商业街昼夜不歇的喧闹,四周静悄悄的,几盏老旧的路灯孤零零地亮着。不时有居民区散落在道路两旁,到了这种时候里边的人大多已经熄了灯入睡,只有零星几户的窗口仍透着光亮。远离商业区的静谧,似乎除了夜色里偶尔响起的鸟鸣，再没有更令人留意的声响，那静谧仿佛正流动，它随头顶月亮洒下的柔软的光，跟在张牧身后追逐路灯下的影子。那些尚未休息的房间里在发生着什么呢？张牧不禁想着，或许他们正在等待某个仍在外的人吧。

穿过散落的居民区，是一片齐人高的小林子，路灯在他身后，枝叶挡住了微弱的光，张牧脚底下是松软的泥土，上面覆盖着些许掉落的树叶，踩上去有细微的沙沙声。这片小林子外就是淮杭公园的边缘了，张牧听到了流动的活水的声音。像是特地到这来追忆往昔已经消失的时光，他在公园外寻到了块路边的石头坐下，公园里零散地亮着灯，但都没能照亮张牧眼前的这片湖，它的水流来自更远处的溪流，近日连绵的雨水让湖水变得饱满、充盈。这是淮杭很有特色的自然公园，到了冬季湖面便会结上一层薄冰，眼下它在夜色里黑黑的，中央那块突起的石像张牧曾见过，当时他只能见到夜色中石像的阴面。坐在路边的张牧紧紧地闭上了眼，他是否正在想象某个久违了的场景呢？

回到租房时张牧觉得很累，脱了衣服靠近床沿倒头便睡着了，四周的声响他都不愿再去理会，仿佛那些都与他没有什么关联，这个夜晚张牧睡得很好，再没有以往那些奇怪的梦境降临，也不会再有人来打搅他了。清晨时，张牧是被屋子里的呼唤声吵醒的。等他睁开眼睛时，正看见陈小青系着围裙倚在房门边。窗外清晨的阳光洒进来，屋子里亮堂堂的，空气中有股冬日的干冷。陈小青看见躺在床上的张牧还没有想起来的意思，她撅了撅嘴，大步迈到了床前，用手轻轻地拍了拍张牧的脸颊说："懒虫，快起床啦！早餐都做好了呢，都忘了今天是什么日子了呀！"说完她侧过身，半倚在张牧身上，向他递过一个本子，说是以后要把他俩的合照全贴在上面，之后就转身回厨房忙弄去了。不知怎么，张牧望着她转身离去的背影，心底涌动起一股想上前拥住她的暖流。

张牧起床穿好了衣服，他翻开了床头柜上陈小青给的本子，本子的第一页上贴着一张合影。那是去年夏天，张牧领着陈小青回家和他家人一起照的。照片的背景是张牧家的客厅，客厅的墙壁上贴着大红色的"福"字，照片上他的家人聚在一起，从左往右依次是他的父亲、母亲、他的爷爷、陈小青还有他自己，照片里陈小青穿蓝色的衬衫，扎着马尾辫，露出光洁的额头，所有人都拥在一起，那笑容让他觉得温暖。虽然最近由于工作的事情，他时常回来得很晚，但这天早上他并不感到头晕。张牧走到窗边，拉开了窗帘，阳光照得房间里暖暖的。张牧的目光掠过低矮的窗沿，底下那片荒废的公园映入他眼中，公园里荒芜的杂草、无人问津的设备、那条曲折狭窄的小道，沐浴在阳光下全都变得柔和了起来。淮杭是有条河的，他还记得，河岸边上还有个酒吧，他曾和陈小青去过那里，不知那酒吧现在怎样了。

夜晚时张牧和陈小青吃过饭，便来到了淮杭公园散步。这是淮杭很有特色的自然公园，冬季时许多穿着冬衣的人们吃过晚饭都会来这里休憩，冬季的空气有些干冷，张牧挽着陈小青逶巡在公园里铺了碎石路的小道上，两旁是许多树木和有人聚集的凉亭，傍晚时会有老年人来公园里拉手风琴唱歌，他们大多是住在附近的居民。悠扬的手风琴声带着俄罗斯民歌的风味，张牧听出是"莫斯科郊外的晚上"，拉琴的老头戴着一副宽边的老花镜，满头白发，面容和蔼又很有精神，他身旁几位差不多年龄的老年人，正随着琴声齐声唱着。沿着碎石路走到尽头，有片静谧的湖水，冬季时湖面结了薄冰，在夜晚的月光下泛着轻盈的白光。陈小青和张牧在公园里寻了张长椅坐下，陈小青倚在张牧怀里唱歌，几首歌唱完后她仰着头对张牧说："今晚我们去雨花广场旁边的那个音像店选几张歌碟吧，就当做是你送我的新年礼物啦。"张牧抱着陈小青，望见湖中的石像被头顶明朗的月光照亮，温软流淌一片。

从公园走出再步行到雨花广场，那时已近凌晨。隔着大理石雕成的广场围栏往里望，雨花广场灰白的地面上已聚集了许多人，那座中央大钟楼表盘投射在四周灯光里，缓慢的铜质指针正呆钝又严谨地朝下个时刻走去。有小孩穿着灰色的棉袄脚踏滑板从张牧和陈小青旁边滑过，滑板车擦过地面发出声响，朝着远处挥手的那位着红色羽绒服的妇女跑去。陈小青挽着张牧绕着广场转了几圈，人群里有人倚在石质围栏边放爆竹，有人在棚帐搭制的露天 KTV 中唱歌，更多的则是随着家人一起静静等待。晚风吹来河水的气息混杂着远处公园阴郁的花香，所有这些都让张牧隐约有些熟悉。陈小青拉着他往"福音"音像店跑，它门口装点着荧光的"新年快乐"的字样让他觉得仿佛来过多次了。系着红色店服的老板端坐在柜台后，音像店里走动的是穿着冬衣的人们。张牧随着陈小青步入店内，林立的货架将空间划分成许多不同的区域，张牧不断地往里走，不时地停下脚步浏览，四周货架上那些琳琅满目的音乐碟让他有些眼花缭乱，直走到某排柜架的尽头，他突然发现陈小青和自己走丢了。

那排货架上整齐地摆放着上世纪四十年代音乐的合集，他不知那是翻版还是从那遥远的时代流传至今的，但望着封面上那些人熟悉的身影，张牧总觉得仿佛已听过她们吟唱那些歌曲许多遍了，当他拿下周璇的一张歌集仔细端详时，陈小青已经拿着一张歌碟走到了"福音"音像店的柜台前了。方才，她已微笑地询问了那位系着红店服的店主能否试听这集子，对方颔首答应了。就当张牧停下了自己的脚步，探头张望试图寻觅到那个熟悉的身影时，陈小青正把歌碟缓缓地递送进店内的 CD 机，接着，从音像店悬壁的音箱里流淌出那段四十年代的声音，她温润、悠扬带着细腻的深情，仿佛只需一伸手，便能触到那些早已消失的年头。这令张牧感到恍惚的不真实，这是在梦里么，陈小青又在哪儿呢？还未来得及细想，陈小青便又蹦跳地到了他身旁，她拉着张牧往外走，包里正放着刚刚买下的音乐碟，再次步入广场正赶上人群最后的倒计时，齐声数秒的声音落下，绚烂的礼花在淮杭黑夜的上空绽开了。

广场立起的荧屏上有唱诗班正在吟诵，听着他们优美的声音，那不真实的恍惚感再次来临了。这是在梦里么，张牧望着身旁挽着自己的陈小青，这是在梦里么，但此时的他已不愿多想，只是伸手紧紧地搂住了她。张牧听见靠在自己肩膀上的她正小声说："别忘了问候家里人呀。"是啊，这是他俩初次在外过新年，不知家里人是否也正为千禧年开心呢。他多想告诉自己家人，眼下这是千禧年的淮杭，暗夜被大朵的礼花点亮，雨花广场喧闹的人群正欢呼为新千年欢庆；他想告诉他们，眼下这是淮杭新千年的夜晚，在大屏幕播放的悠扬的歌声里，仿佛你只要一转身，就能听到晚风里期待明日的声音。

驾驶员，你在爱的旷野

感到夏天的暑热，电风扇就转得更快，但仍未能消解人们的燥热，烦闷仍浇到人们身上，使他们身上的背心打湿，并让他们更加烦闷难安。张牧的家位于北关的郊区，那儿除了两栋居民楼、一条公路，再也没有别的事物与县城相关。他家位于靠左的一栋，隔着一条堆积着生活垃圾的街道，与另一栋灰暗的居民楼相呼应。张牧家住在二楼，一楼被他改造成了车库，那里停着一辆工作时用的江铃皮卡，以及一辆他自己攒钱购买的老版桑塔纳。每到夜晚，屋外头的蝉鸣逐渐响亮，暑热逐渐消散时，他便会推开轻质的纱窗门，走到他那狭小的阳台上，小心地扶着那道木质的横栏，穿过外头又黑又静的夜色，愣愣地望着从郊区直伸至县城的公路发呆。

张牧在这南方的小县城生活了三十余年。平日里，他总小心谨慎，无论做什么事，他都表现出沉着认真的样子。现在，他在县城的一家小货运公司干运输司机，当工友们干完一天的活儿，光着膀子聚在一起打牌、互相调侃时，张牧总站在他们的外围，侧着头，紧抿着嘴，静静地听着，并不搭腔。工友们都觉得这人古怪，不与别人亲近，但由于他做事认真又没有差错，他们便寻不到更多责难他的理由，只是在聚众打牌时，不再给他留着个空位。

近几天，张牧竟觉得十分烦躁，夏天的暑气越发地重了，外头的叶蝉和蝈蝈不休地鸣叫，搅得人思绪繁乱。夜晚，每当张牧做完工，驾车回到家中时，他坐在客厅的木质长椅上，总会感到前所未有的疲惫与焦躁。这天，当他归家后，这种感觉愈发地强烈起来，它们宛如缠绕的藤蔓悄然爬上他的身体，将他束住，张牧沉于这暑夜中感到呼吸不顺，他盯着眼前茶几上摆放的烟灰缸，抽完了整整一包香烟。屋子里，灯没开，夜色又静又黏。张牧把手里的烟头举起又放下，望着香烟青色的烟雾升起，伴随着他肺部的呼吸，忽明忽暗。屋外很静。除了一两声野狗的浅吠，叶蝉与蝈蝈短促清脆的鸣叫，再听不到其他的声音。张牧坐在客厅里，听到耳边的细微响动，听到它们回荡，并被放大。

在短暂的休息过后，张牧站起身来，他将工作服脱下，搭到长椅的椅背上，习惯性地抚平里面的白衬衫，往他那狭小幽暗的阳台走去。外头清脆的鸣叫逐渐清晰，屋内的电风扇带出的持续的"嗡嗡"声逐渐遥远，他推开轻质的纱窗门，望见眼前一片凝霜，在空中轻划出一道柔软的弧线，飘然而下。接着又是一片，轻盈如羽毛般飘落。

张牧将纱门缓慢地完全推开，地上早已洒落了一地东西。月光如牛奶，流淌于狭窄的阳台上，张牧定了定神，借着月光分辨出了飘落眼前的，全是凋萎褪色后的花瓣。他低垂下头，握住门把的手，握得更紧了。他带上门，退了回去，再推开时，却发现眼前凋萎的花瓣，并未因自己的这一举动而消失。他闭上了眼睛，紧紧地抿住了嘴，在眼前黑暗的重压下，感到自己的血液，正涌动、流动，变得迟缓而凝重。他转身，黯然地将门拉上，再不去扶住木质的栏杆，也不再眺望通往县城的道路。

张牧转身回到了屋内，暗色的地板浮动出他行走的影子，他重新回到了客厅，将自己陷入长椅之中。每当焦虑或者思考时，他总习惯将食指与拇指紧扣，用食指指背敲击桌子，此刻，他听到随着他手指的起落，玻璃桌面被敲击出沉闷、空洞的响声，他看见紫红色桌布上压着的那块玻璃桌板，正倒映出自己消瘦的面孔。

敲击声沉闷地回荡,就如他小时候潜于河底时,听到河岸边伙伴们往水中投掷石块,石块划开河面、跌落河中、撞击河水时所发出的声响。他仿佛又再见到了那些跳跃在岸边的欢快的身影,这声响让人无助,并让人胸闷头晕。张牧停止了敲击,将手枕在光洁的玻璃上,张开五指开始梳理自己的头发。四壁将月光阻隔,夜色越发地浓了,张牧坐在客厅里,感觉周身被这浓重的暗色包裹,夜色太黏,仿佛就要滴出水来。他觉得不适,于是起身去内屋,将窗帘拉开,好让外头的光透进来一点。窗帘被打开,房间于幽暗中展现,它狭窄、闭塞、拥挤,一张老旧的席梦思瘫软地平铺在中间,两个棕褐色的柜子紧靠着床头,而在靠左的那个柜子旁,放置着一个绿色的保险箱,在夜色的普照下静静地立着。

张牧望着那保险箱仿佛就要想起什么,可烦躁却将他的思维阻断。月光透进来,他的影子投在地板上,轻微地摇晃。他望见保险箱底部一只瘦小的老鼠,正探出头来,它畏畏缩缩地左右观望,爬出保险箱的边缘后,倏地逃出了房间。张牧轻声叹了口气,他走向床头柜,俯下身,从中拿出一瓶喝了一半的劣质白酒,打开了房间的灯,借着头顶晃眼的日光灯,将酒一饮而尽。酒水一拥而入,呛进他的喉咙,灼伤他的喉管,灼烧他的食道,灌进他的胃中,他的眼前一阵白雾。他起身走到窗前,夜风吹拂到他的脸上,他望见远处县城的灯光依次黯淡,消失,隐没入了黑夜。

次日,张牧起身时,扶着床沿,感觉自己脑袋昏昏沉沉,他站起身来,往放置蓝色工作服的长椅上走,感觉自己就像站立在一艘飘荡于河流里的木舟上。他仿佛踩不到实地,脚下无以借力,浑身的力气一点也使不出来,他瘫软得如一团吸了水的棉絮。恍惚中,他望了眼墙上的时钟，指针指示的时间已是七点半了。他走向洗漱间，用毛巾胡乱地擦了擦脸，旋即重回客厅，拿上工作服，感觉自己就像个皮球被惯性牵引着掉进了楼梯间，直至行到楼底，他才发现自己的鞋子尚未换好，他便又拎着工作服，返回了房间。

张牧是个小心谨慎的人，但他今天却格外的烦躁。当他驾着江铃皮卡往附近的A城开时，正路过一段乡间小路，他看见那狭窄的车道上布满干硬的车辙，便想扳上变速排挡，想让车子快速地通过，将这些让他觉得讨厌的地方，远远地甩开。

道路上凸起的土堆冲撞着车底的轮轴，他觉得自己身下那单薄的车轮正跳跃着飘了起来。道路两旁树木摇晃着影子，迅速地后退，仿佛连缀成绿色的帘幕，张牧踩了油门，让自己在这绿色隧道里穿行。他觉得自己的脑袋越来越重，而身下的车子却越来越轻，他觉得自己的身子就如被一根绳子提住，下半身开始晃动，他的头更重了，就如即刻要把身子压垮，他试图让车子减速，伸手去拉变速排挡，却抓了个空。于是，他将自己往前挪动，并将身子向前倾，企图让自己与变速排挡靠得更近一些，他将重心移到右方，却一脚踩到了油门——车子立马如被砍断锁链的火车头，车厢载着他身后的世界，离他越来越远。他更加焦躁了起来，他将头垂下，凑近身下的变速排挡，而那支黑色的排挡，则晃动地出现在他眼前。就在他侧身，快要靠近排挡时，"砰"的一声闷响，闯进了他的耳朵——沉重地敲击了他的耳膜，他的脑袋被这突如其来的巨响挤满，仿佛成熟的木棉籽般，就要爆开。通过车厢顶部的铁皮，他的头顶传来一阵阵连续、短促、沉重的撞击声，他感到一辆载满货物的列车正从他头顶驶过，车轮碾过车厢顶，撞击出一个个深陷的凹痕。他猛然抬头，身子往后一倾，望见车窗的玻璃，细密的裂痕如蛛网般从他的右前方蔓延开来，而在这些密布的裂痕之间，填满了红色的液体，它们正悄然洇开，并从裂缝中滴落下来。

张牧觉得自己眼前一片混沌，黑暗逐渐延伸，占领他的视线，车子仍然急速地行驶，在他眼前广袤的黑暗中，绿色的河流的身影逐渐显现出来。他紧握住方向盘，将头侧出窗外，闻见湿润的泥土的气息，望见一条河流展现于他眼前。他踩下了刹车，将车停下。他踉跄着往河岸走去，脚下的泥土附着着青草，如被泡松了的软木，他深一脚浅一脚地行走于这片起伏不平的道路上。他闻见，河水潮湿的气息愈发地近了，而滔滔水声亦近了起来。他来到了河边，猛地跪倒，将头沉入了清凉的河水之中，波浪拍打着他的脸颊，渗入他的五官之中，他抬起湿漉漉的头，河水从耳廓中涌出，他如被清洗般，脑中的混沌被河水冲刷，一洗而净。这感觉令他开阔，他再次将头颅放置入冰冷的河水中，如此反复再三。

张牧提着自己被河水打湿的身子，回到车子时，真切地望见了那些粘黏住车身的红色液体，已经凝结成痂，他清醒地意识到他曾目睹的那些液体不是别的，正是红色的血液，而此时的他，已经犯下了不可挽回的错误。他的脑子仿佛紧连着一个每分钟抽三百升液体的强力水泵，他的意识被强力的漩涡所拉扯，剥离了他的身体，他的大脑一片空白。他晃了晃自己沉重的头颅，如乌龟般，探身进入驾驶室里。他在驾驶位后摸寻，拎出一个塑料桶，再次循回河边，打上一满桶水，提回车旁，开始认真细致地刷洗起车身来。开车回到了郊区的房间，拉开车库卷闸门，将车停入，独自如失重的幽灵般飘荡回屋里，飘入了自己的房间。他寻到了那条棕褐色的长椅，未及将衣物脱去，便倒头陷入了恍惚的睡梦。

屋外的鸟鸣撩拨了他的梦境，在梦里他反复听见了警车的汽笛，以及置于车顶旋转的红色警示灯。他从梦中惊醒，快步走上阳台，发现昨日的花瓣踪迹全无，迎面而来的冷空气就如一桶凉水，泼向他的面颊，他变得从未有过地清醒起来。他定了定神，将手掌靠近脸颊，拍打额头，试图梳理今早发生的一切，却始终不知他驾车撞倒的究竟是什么，或许是一只鸭子，或者一条无家可归的流浪狗，他在心里暗自揣度，并期望他曾试想过的可怖的一切不会真的发生。恐惧与对恐惧的恐惧，不停地折磨着他，他决定换一辆车去一探究竟。他脱去身上的工作服，换了件干净的衬衫，快步来到车房，拉开沉重的卷闸门，驾上桑塔纳原路返回。

起初，一路上张牧并未发现任何异样，而他昨日经历的一切，都仿佛只是一场恍惚而短暂的噩梦。他只不过是喝醉了酒，并倒在房间里睡了一觉，尽管，他很可能错过了今天的工作，但这并不会比昨晚的梦境——驾车撞上什么，来得更糟。随着车子往前行驶，他眼前那狭窄的布满干硬车辙的小道逐渐到了尽头，他庆幸于自己沿途并未真的发现什么，他觉得昨日即使不是梦境，那他撞上的也只会是一些无关紧要的东西，那会是一只可怜的鸭子，或者一条老狗，他开始想象那些动物被车子撞击后，坠落地面奄奄一息，最后被沿路的村民拾回家的情形，他兀自地这么想着，觉得自己身下的车子变得轻快了起来。他决定将车开上大道，按着昨日的路线绕回去，他因感到命运对自己的宽宥，而下定决心往后一定要多做善事。

车子驶上大道，密集的人群不合时宜地出现在他眼前，他望见这条被水泥铺就的公路旁，人群聚在一起，他们围绕成圈，而在人群外一摊凝固的血迹正顺着道路延伸至人群。张牧的脑袋嗡嗡作响，之前的轻松顿然消失无影。他的脑袋热烘烘的就如一台锻铁炉，他试图让自己定住神，却觉得眼前一片黑，他想听清楚外界的声音，却只听到了嗡嗡的如叶蝉与蝈蝈般的鸣叫。他摇晃脑袋，用手掌扇打自己的脸颊，终于从恍惚里探出了头来。他从那人群里，看到了一个自己熟悉的身影——那是他在公司的一位工友。张牧看着那个体型消瘦的工友，正穿着宽大的蓝色衬衫，张牧觉得他立于人群里，手舞足蹈的身影，就像一只站立起来的快要死掉的黄鼠狼。

他看着眼前的这个男人熟悉的背影，厌恶涌上他的天灵盖，他回想起往日这个瘦弱的中年男人，在和工友们打牌出老千被揪出来后手舞足蹈狡辩的样子，就和现在一模一样。张牧望着那人身上穿着的蓝色衬衫，越发地不适起来，他觉得这么不合身的衣服，一定是他那个猥琐狡诈的工友从哪儿偷来的，而那个黄鼠狼之所以会这么瘦，他肯定在家里偷偷地嗑药。道路上聚集的人越来越多，人群就像涌动的蚂蚁群般，交头接耳，互相拥挤。张牧望见就在人群旁边几位身着制服的交警正在维持秩序，他强行将自己从对工友厌恶的幻想中拉出来，缓慢地调转了车头，回避了前方的人群，驾车上了来时的乡村小道。当车辆再次驶入细薄的尘土中时，他转身对身后激动地手舞足蹈的黄鼠狼，恶狠狠地丢下了一句脏话，便头也不回地离开了。

就在他将车停入库房时，他发觉自己今早驾驶的那辆江铃皮卡，已经不见了踪影，于是他将车开了出来，停在了屋后的那条摆满杂物的小巷子里。他扶着木质的扶手快步上楼，进入房间，发现家里一片狼藉，他意识到警察已经来过了。他走到洗漱台，将自己身上被汗水浸湿的衬衫褪下,拧开水龙头,将自己的头放置到倾斜而下的水流之中,他试图让自己变得更加清醒、更加镇定一些。水流从水龙头里涌出,淋到他的头上,沁润他的额头,打湿他的脸颊,再顺着他的发梢与布满胡茬的青色下巴滴落下去。

张牧闭上眼倾听水流的声音,他不再去想任何事情,他已经下定决心要离开这个鬼地方,他不想再见到和今早发生的事情有关的一切,他更不想看到自己被捕后,那黄鼠狼咧着大嘴、挤眉弄眼、手舞足蹈的样子——他将去到一个与他所有陈旧、沉淀的无意义岁月不同的,能让他更加放松更加平静不这么紧张能舒一口气的地方,于是,他回到房间,从柜子的顶端,将那个满是灰尘的行李箱拿了下来。他从未想过自己居然会以这样的方式离开。他将衣柜里的衣服,一股脑拖出,盲目地塞进箱子里,他将床头柜旁的那个绿色保险柜打开,将里面所有的现金悉数拿出,用衬衫包好,藏在了箱子的最底层。当他准备把那个绿色的保险箱合上时,他看见了保险箱的最顶层,放置着一个棕黑色的盒子,这是他很久以前放置进去的,盒子由檀木制成,四角雕刻着月季花的花瓣,盒子在夜色里泛着白光,他已经有很久没有打开过它了。

张牧小心翼翼地将盒子拿出,缓缓地将它打开,犹如被一盆凉水泼向头顶,他从恍惚与惊恐中被拖拽出来。他望见了那个盒子里放置的相片,以及那些挤满了字的信纸,他将右手缓缓地伸入木盒,触及那些发暗的纸张,他擦拭老照片,就如以前无数次、他做过的那样。他抚摸相片中那亲切熟悉的脸,再一次轻车熟路地走入了他内心深处的隐秘故事。

他望见照片里的她,给自己挽了一个属于青春时代的发髻,仍然披挂着十八九岁时的长发。他想起十二年前的那个夜晚,她作为他同学的朋友,出现在他们聚会的歌厅包厢里。在"蓝朵河"的包厢,她穿着一身淡黄色的连衣裙,匆匆地迈进,那时正值一曲歌的尾声,一束幽蓝的灯光投射到她身上,她如春雨后的一片嫩叶,身上冒出新鲜的气息。她仓促地坐在了那张塌陷的软皮沙发上,坐在了他的身边,隔着包间里淡薄的烟雾,他清楚地看见了,她的皮肤之下蔓延开绿色的静脉之河,那些河流生长出水草、枝蔓,紧紧地将他缠住。

他来不及,来不及将桌上杂乱摆放的啤酒瓶收拾干净,只仓促而又腼腆地问了声好,便寥落地加入了方才被中断了的笑谈中去。当晚的他,局促地坐于她身旁,望见眼前的一切都变得柔软了起来。在他眼里,他看到的不再是包厢天花板上的旋转灯而是柔和的月亮,他看见的不再是包厢的荧光屏而是幽蓝的海洋,他脚下的地面开始柔软,踩上去仿佛积了尘土与积雪。他被眼前这突如其来的景象震慑,变得手足无措。当晚的她只胡乱地唱了几首歌,便匆忙离去,他呆坐在歌厅包厢阴暗的角落里,望着她离去的背影,握紧了手中的盛着啤酒的易拉罐。他感到自己的手指正嵌入那个铝质的罐子里,正如自己的命运被不怀好意地安置入了当晚展开的另一段旅途。

自那次聚会后,他开始疯狂地搜集与她相关的一切。他长久地将自己囚困在,独属于她的牢笼中。他离开了全部的亲人朋友,只偏执地痴情于这一个女人,却始终怯懦地不敢面对。他选择了靠近她家住所的地方工作,每日穿行于南关那排低矮的居民区,走过那些灰白的墙面,用视线捕捉属于她的影子。他到处搜集与她相关的照片,将它们小心翼翼地放置在那个黑色的木盒里,每日拿出来翻看。他学着去记录自己这种愚蠢的执著,不再沉迷于游戏室与棋牌室,转而去阅读与自己处境相关的书籍。他读了太多与爱情相关的书籍,无论高雅或低俗。他试图从那些文字里,寻到一条抵达内心深谷的道路,他试图从那些纸页中,寻求一剂脱离这偏执的困境的处方。在那些卑贱的岁月里,他写下了大量情书,它们被他小心翼翼地放置在那只盒子里。那是一封封她永远也不会收到的信。

在那场漫长的跋涉中,他和她总共只正式地见过两面,初次是在歌厅,而后一次,则是在他朋友的生日宴会上。那时正值冬天,她裹着一件紧身的棉大衣,被人领着迈入了他朋友的饭局。她提着包,随手关上身后的门,大方地落座于他的对面,整个饭局里除了和旁边的人打趣,她并未与他说太多的话。而坐在她对面的他,只自顾自地喝酒,将自己面前的酒杯举起又放下,侧耳倾听着从饭桌的另一端,传来的她的声音。正是在那个饭局中,张牧得知了她喜欢月季花,她对着身旁那个穿着红色棉袄脸有雀斑的女人说,月季,是种美丽的花,它拥有令人蛊惑的美。张牧认真听着,并将这些记在了心里。自那之后,张牧便一直谋划着向她表白心意,他试图让自己拥有自足的勇气,去走出自我囚禁的牢笼。

他终于鼓足了勇气去表白。他带着从公司旁的花店里买好的月季花,还有那个放置在保险柜中的盒子,来到了她居住小区的转角处等候。他站在那轰鸣的工厂巨大的阴影下,激动地幻想即将发生的一切,可却于遥远的街道另一头,看到她挽着一位中年男子走近的身影。那位中年男人穿着件蓝衬衫,从远处大摇大摆地走来,而她呢,她一脸微笑地依傍在他身边,长发飘扬。那时,躲在街道拐角处的张牧，隔着自己眼前氤氲的雾气，看见了她脸上泛起的微红，他觉得她脸上那愉悦的微笑，正给自己下达了最终的审判。他将自己悄然隐于黑暗，待到两人过去后，才落魄地回到家中。他把盒子锁进了自己床头的保险柜里。自这之后，他再也没有写过信，即使他仍常在夜里惊醒，他开始痴迷于培植火红的月季花，并在阳台上植满了那朱红色的花朵，每到夜里便痴呆地同它们讲话。

沉闷的脚步声从楼道里传来，那些鞋底敲击水泥阶梯所发出的声响，迅疾、短促地涌向他的家门，通过他那铁质的大门缝隙，它渗进来又涌出，又因太过急促与太过猛烈而闯进来。张牧深吸一口气，缓缓地抬起头，轻轻地，再一次并且最后一次将盒子盖上。他抬头望了望悬于头顶黑白交错的天花板，这时敲门声已经响了起来，他离开保险柜，转身走入房内，抛开方才整理的物品，仅抓着那个黑色的盒子，来到屋后的窗户前。他将那窗户的玻璃轻轻地向右推开，沿着屋外直通地面的排水管，滑了下去。到达地面之后，他将盒子轻轻地放置到宽阔的口袋里，从容地摆动双臂，来到那段阴暗的摆满杂物的小巷，寻到了那辆被他停在巷道拐角处的车。他打开车门，上了车，隔着车窗玻璃，望见几个穿着深蓝色制服的身影晃动着往他楼前走去，他拧动钥匙，踩了油门，将那辆老版的桑塔纳不紧不慢地开出了小巷。他听见自己楼前，缓缓地响起了警鸣声，他望见楼下的刘老二正提着一只鸡，佝偻着身躯，咧着嘴笑着往回走，而他旁边，那个满头白发的老妪——刘老二的妻子，正扶着拐杖牵着孙女，跟在刘老二的后头。居民楼下流动的烧烤摊又开始营业了，那些衣着肮脏的青年人，站立在满是垃圾的街头，挥舞着油腻的衣袖，被烧焦的烟雾包着，被青年时的热情裹着，讨要着行人的目光。张牧驾着车子往前,那辆旧版的桑塔纳穿行过布满砾石的郊区小道,平稳地驶上了通往县城的公路。

傍晚的南关,天黑得早,太阳西沉后,只有几缕绯红仍挂在县城的尽头。张牧如往常一样,顺着居民区的灰墙行走,踏过墙角那些簇密的青黑色苔藓,右转走过那个轰鸣的工厂,来到了那道黑洞洞的楼梯口前。他觉得眼前的一切是那么熟悉,他曾无数次地站在这里,望着二楼阳台上那块深蓝色的玻璃,幻想着里头所能发生的一切。他从上衣口袋摸出一包香烟,掏出一根点燃,在口腔滑出的青色烟雾中,他听到自己的身后跳跃出鸟鸣,从树枝传入幽暗的楼梯间。他望见楼梯口的阴影处,缓步走出一只黑猫,它绿色的瞳孔,在楼梯间里停留了一下,便迅速地窜上楼去。他吐出最后一口烟雾,将烟蒂丢至地上,一脚踩灭,鼓足了勇气走进了楼梯口。

那架旋转而上的水泥阶梯展现于他眼前,楼梯间等待他的,是南关傍晚过后的黑暗,以及阒无一人的寂静。而这时她正洗完头发,用手将自己的头发挽起,对着镜子吹干如水草般缠绕的头发,她对着镜子仔细地端详,她伸出手指将脸上的粉刺挤掉,再用沾了润肤露的湿巾,擦拭脸颊,当一切妥当后,她抱起床上的衣服,走入洗衣房,轻轻地放入洗衣机中。水声,洗衣机转动的声响,楼梯间的脚步声。张牧起先侧头细细谛听,确信楼梯上没有其他人,便迅速地跨步,踏上了通往二楼的道路,他一边走,一边便将口袋里的盒子抽出,他听到自己的脚步声,空荡地回响于楼梯间,他望见外头的暗色正悄然地滑落进来,一点点地吞没了自己脚下铺展于水泥阶梯上的光亮。他来到了那扇大门前,他双手握住盒子,紧紧地用力将它抓住,他感觉手中的盒子逐渐变沉,往下坠,他的身子往前倾,如一位虔诚的侍卫般倚靠在深棕色的门扉旁,想象着里头正发生的一切。他闭上眼,又睁开,他将自己疲倦的头颅,抵住那扇门扉的猫眼,他双手握住那个黑色的匣子,将它放置至自己唇边,他低头亲吻了盒子,便弯下身,将它悄然放下,放置到那个深棕色的门前。

他立住,定了定神,将食指与拇指紧扣,用食指指背敲击了那扇他曾试图接近,却终究不敢面对的门扉。敲击声沉重、空洞,就如方才他踏上水泥阶梯时,脚步敲击路面所制造的声响,它被黑下来的夜色衬托得寂静并太过寂静,它被拴在楼梯回旋的走道里,如被挂于空洞的古钟,它荡开并又撞击,洇开并又停留在了张牧的心上。深棕色的大门被外头逐渐亮起的街灯照亮,张牧隔着厚重的门扉,听到了里头愈发靠近的脚步声,大门反射着生铁的气息。他听到房内的脚步声向他逼近,他的心被锁于胸腔,更剧烈地跳动,他想立住不动,却越发地惊恐与害怕,他想见她,想再见她,可身子却被双腿牵引,快步坠下了楼梯。他颤颤巍巍地下了楼,欠着身子,躲藏于通往二楼的楼梯间下,他佝偻着身躯,将自己隐匿于阶梯下的内侧。

他侧头,悉心谛听着上面的声音,他望见头顶水泥阶梯的下侧,灰白色的边缘沾满了深褐色、黑色的污垢,他想探出头去,却又不敢,他想迈出脚步上楼去,可双腿却不听使唤地僵立着不动。他听到门被打开的声音,接着是停顿,脚步踏上水泥阶梯的声音,再是停顿,金属门面撞击金属门槛的声音,接着便又是寂静。外头的蝉鸣响亮起来,聒噪烦闷的夜色升起。张牧探出头,缓步走上二楼,他呆呆地顿在门口,如一截死去的枯木,他缓缓地伸出手靠近那扇深棕色的门扉,却又停住,他紧紧地注视着眼前那扇大门,就如目见一个幽深的洞口,它的轮廓逐渐模糊,他望见那个门把,门把的棱角皱缩旋入门锁，漩涡越旋越深，漩涡的中心离他渐远，他从中望见了那个女人穿着黄色连衣裙挽着头发向幽暗的屋内走去，她的身影逐渐模糊，这个过程漫长到令他难以忍受，却突然被一帘黑幕阻隔，那道门，又再次清晰。他望见自己的手，停止在半空，他将手握成了拳头，直滑至门把，猛地将门把抓住，手尖生疼手腕生疼掌面生疼，月光柔软地滑入，打在他的手上，他望见自己的指尖就如一把银质的钥匙，深插入了锁芯，仿佛轻微触动，就能带动齿轮将门打开。这时，屋内传出一阵男人的咳嗽声，他慌乱地将手抽回，往后退了两步，他呆呆地看着门扉，望见一片凋萎的花瓣正从他心里滑过，如同石子"砰"地跌落湖中被幽暗的河水包裹吞没，他垂下头，落寞地转身离开。

　　他走出居民区，寻到路边的一个小花坛坐下，此刻，天色已经暗了下来。他又摸出一根烟点上，望见对面三个跳皮筋的女孩，她们轻盈地跳起，小姑娘扎在脑后的马尾上下起伏、左右摇晃，伴随着如鸟鸣般清脆的笑声。他望见身旁左前方的一家玉器店，晃眼的白炽灯正投射出来，那个穿着白色衬衫、有着个大鼻子的老板，正坐在店子前的一张小木凳上，望着街道发呆，而他身后的电视机，音量被调得很大，里头正在播报乌县当地的新闻。隔着两棵树的距离，张牧清楚地听见，电视里那个悦耳的女声正在播报，本地北关郊区的一位长途车司机，在清晨驾车肇事后逃逸，现在警方正在极力布置搜捕。玉器店的老板，仍呆滞地坐在那儿，那红鼻子在店内灯光的照射下，反射出油腻的光泽。张牧静静将新闻听完，起身，沿着街道，向着他停车的那个拐角走去。他一路走，一路听见身后的那座工厂，压轧机运转所发出的声响，这声响从他背后追来敲击着他的后脑勺,他想起刘老二那个可怜的儿子,那个不到三十岁的年轻人,就是死在了这些被金属齿轮所控制的冰冷机器里头。拐角处的前边,另一群外地的青年已经支起了烧烤架,他们在燃起的焦油和烟雾里,挥舞着油腻的衣袖,失落地望着路旁匆匆行走的人们。张牧小心地靠着街道旁的灰墙行走,他在街口的拐角找到了自己停下的那辆桑塔纳。

张牧打开门,回到驾驶室,他扭动钥匙踩了油门,让那辆老旧的汽车倒出拐角,开上了县城南关的公路。入夜的南关,夜色又深又静,路边的街灯逐渐亮了起来,在它们昏黄的灯光里,街道两旁的树木摇晃着它们的身子,在夜风中,发出沙沙的声响。张牧他望见,街道如灰色的绳索滑向南关的尽头,而道旁的商店应和街灯,逐次亮起它们门面的灯火。张牧驾车一直往南,他专注于眼前的道路,只在经过他工作的那栋灰暗楼房时,他才朝外看了一眼,他想看到的并不是那栋下班后了无生气的楼房,他想看的是那栋楼房旁边,被日光灯所照亮的一间小花店。他曾常在那儿买花,店主是位喜欢穿红色衬衫的中年男人,每日躲藏于报纸背后,沉默寡言。张牧早已与其相识,他从那儿买花,将它们搬回北关的住所,将它们放置于狭小的阳台上,他每日悉心地为它们浇水,期盼它们开花,在他心里这些种在花盆里带着鲜艳色彩偶尔在清晨还挂着雨露的花朵,就像是活在他搜集的那些照片里的姑娘。每到夜晚,他便去阳台抚摸它们褐色的枝干嫩绿的枝叶,沉默着,从远处县城的万家灯火中寻觅,寻觅那盏独特的他未曾亲近过的灯盏。

车行到南关的尽头,连绵群山与稻田铺展开,城市的灯火散尽,蓝色的夜晚沉沉地笼罩在大地之上。张牧将车停好,他取下钥匙,打开车门,迈出去,用手将车门带上,听着车门在他身后关上的声音。他倚靠着车,立着,注视着外头的这个世界。夜色轻盈地铺开,就如一片悬于头顶的沉静无垠的湖,偶有夜风从远处起伏的山峦间吹来,轻轻拂过他的四肢和脸颊。他知道夏季的暑热快要结束了,蝉鸣与蝈蝈的鸣叫也将逐渐消失。他看着眼前青色的稻田、深褐色的田埂,它们在清亮的月光下,泛出柔和的光泽。

空气里浮动出稻穗与泥土的气息,张牧走入稻田之中,寻到田埂坐下,他点燃一根烟,吐出淡青色的烟雾,看见它们飘荡在空中,很快消散在了夜色中。他知道自己将不再惧怕警笛,也不再苦恼花朵的枯萎,他想起了那个姑娘,他不知她打开了那个木盒后,究竟会是什么样子。他用手按了按身旁疏松的泥土,抬起头,望见头顶深蓝色的夜空里,星星已经滑入了它们自己的位置。他知道人们很快就会找到他,他只想安静地坐一会。

他眼前青色的稻穗低垂着头,在微风吹拂下,起伏如绿色的河波。稻田里的灌溉用水,静静地淌着,在夜色里,稀稀碎碎地反射着白光。张牧将双腿盘起,挽起自己深黑色的裤腿,将脚上的鞋脱下,把袜子褪下,一齐放到身旁的田埂上。远处群山没入夜里,轮廓逐渐地模糊了起来。他将双腿伸直,缓缓放下,让双脚没入水面。一阵风吹过,他身旁的老树,便轻轻地摇晃起枝干,簌簌地飘叶下来。他望见那些叶子,在空中划出柔软的弧线,几经盘旋,坠进了水里,漂入了整齐的稻田,隐没进了密集的秸秆。蓝色的夜幕下,稻穗整齐地排列,一直延伸到远方,他想起了以往许多个日子,他坐在狭小的房间里头,写着发不出去的信,他站在阳台的黑夜里头,望着遥远县城,寻找一盏永不能寻到的灯,他曾在梦里听到了许多年前她唱歌的声音,他曾梦见那幽蓝灯光下她穿着黄色连衣裙的样子,只是这些,如今全都像那些叶子般隐没入了黑夜。

他闭上了眼,就这样呆坐在那儿,让自己陷入周身的静谧中。直待一阵夜风拂过,他才缓缓地睁开了眼睛,他望见了眼前的大地,它深沉而静谧,酣睡如初生的羔羊。他听见了稀疏的鸟鸣正从远处传来,透过夜色里浮动的微尘,它们清脆、明亮,对这世间的无奈一无所知。

这世界呢光

我很想，把对乐观的理解

深深地，插进你的喉管。

——刘谠

1. 寂静房间的大观园

山岭高处布满了杂草，房间里黝黑的墙壁让人难熬。我从那儿搬走的时候，我的女友陈小青刚离开了我，她从房间离开时只带了个皮箱，我从那儿出来时也是，坐公交辗转到别处，谈好房租价我就落了户。所有的这些不过想有个新的开端。我不愿再喝酒，也不要再出去找女人。租房狭窄灰暗，老旧的家具像被荒置多年，漆色斑驳，床单往昔红红紫紫的图案如今早已不辨颜色。这个房间一切都好，以往住山上蚊虫叮咬恼人，夜里坐起我和陈小青数着对方身上不知不觉间被叮出来的红疹，而这里的夜时常弥布灰色的雾，人出行要携带口罩，外出走路气短胸闷，蚊子不会现身，蚊香都不用再点。

到了夜里房间变得安静。我的皮箱里带了打字机，那其实是台电脑，除了能建文档、放音乐外再没有别的用处。我总记得我的老师曾跟我说过，他说如果你想写作，那就得留心观察。在山上时我能看到的除了陈小青，就只有鸟和树林了，那些茂密高大的遮阳盖把房子差不多都围起来，即使我们没有电视，每天也都能观看免费的动物世界。现在这些都不见了，树林和鸟都被烟尘和雾气挡住，但人变得多了起来，到处有人的踪迹，"你只要留心，你就能见到他们的影子。"

夜晚黑起来时总是不近人情,房间里到了半夜说停电就停电,不管我的文稿写了多少,没有及时保存那就迅速地报销。到了这时你总能听到更多的声音,整栋楼只有我的房间会停电。"这是原来线路老化后积留的老问题啊。"那个女房东告诉我。我回答她,没事。只因在黑黑的屋子里,你才能留心听到更多的声音——厨房的煤气灶坏了,夜里你总能听到"嗡嗡"的声响。房间渗水的天花板,在白天偶尔会有钢琴的声音从那里飘来,我不明白,买得起钢琴的家庭为何还要住在这么简陋的处所。都怪房间的隔音效果太差,隔壁那对小情侣每到晚上,他们做那事的声音总被我听得一干二净,有时我还会拿出录音机。这很低劣,我知道,我还知道他俩经常争吵。楼下的老王总是沉默,他单身多年,到了夜里除了鼾声再没有其他响动,平和、沉寂、无声无息。

我好像没有休息的时候。即使在睡眠里我也在梦境里活动。城市总是比我起来得稍晚些,总是我先睁了眼,独自熬过一段沉默的黑夜,外头的街道和邻近的房间里才会有响动。楼下的老王最早起床,他总会在洗漱间大声咳嗽,再到厨房里"砰砰砰"地弄上一阵,这响动是他切菜时刀口撞到砧板的声音。之后就是楼上的那户人家醒来,他们屋里设了个闹铃,是段优美的曲子,听上去好像是西方某个作曲家谱的,在那段闹铃播放的过程中,女人尖细地嗓音会从音乐里凸显出来,她将把屋子里其他的人喊醒,像是发号施令的将领,指挥他们起床、洗漱、吃早餐,再一同出门。最晚起来的是我隔壁的那对小青年。大概得到九点钟,无论在哪个季节,九点钟这个时间点太阳早就破了云层,而街道也早已溢满了车辆轰鸣。他俩起床后先得弄一阵,听起来像是在调情,之后就是争吵,吵的都是前夜争论过的话题。

我的房间附带了个阳台,从那里往外望,可以看见从这栋楼里走出的步履匆匆的许多人。平静的灰雾不肯放过这里的清晨,由灰尘和不可知的细小颗粒构成的灰色雾气每日都会侵占我的阳台,我隔着这层朦朦的帘幕,看见楼底下那些影绰的人形,像是有序的蠕虫队伍,向着更远处的街道靠近。这里是整个城市里租房价格最便宜的地方,每栋楼里都挤满了人,他们相信这里是他们未来的黄金岛,遍地是等着他们去捡的机会。我从山上下来时,我的那个朋友指着这栋灰暗的楼房对我说,这地方算是不错啦。他好像总能知道我想要什么。

2. 百合花开你的西部

通过房门的猫眼,我能看见那个小男孩蹦蹦跳跳地从楼上下来。到了夏天他总穿着那身牛仔衣,褶皱处深蓝的颜色已经变得灰白,衣服一尘不染,褶痕也被他反复抚平。他的母亲总牵着他去上学,他大概正在读小学低年级,每日背着红色的书包跟着母亲摇摇晃晃地从楼上下来。他好像对我的这个房间很感兴趣,每到我门前时他总会眨巴眼睛朝我这边瞟两眼,每次从猫眼里窥探,我总会想他是否知道我也在看他呢?

中午他母亲领着他回来后楼上定时地会传来钢琴声。弹奏的曲子正是他们用作闹铃的那首,不过中午的钢琴声很不流畅,断断续续的,其中夹杂着女人尖细的催促和责备。他的父亲是个蓄络腮胡的男人,脸长而削瘦,下楼时勾着身子,脖子前倾,像只无精打采的秃鹰。每日他陪着男孩下楼,手里拿着牛奶,跟在他背后喂给他喝,中午的时候他会用洪亮的嗓子唱两首歌,再然后便再无声响。

中午是静谧的,人们大多选择午睡来度过忙碌日子的间隙,和夜晚的沉默不同,中午房间里更明亮,你能感受到热度,夏季里更是如此。我初到这所房子的时候从不午休,中午不会断电,我要抓紧时间把改写的稿子全都写完,如若不能,那我就会面临下月断炊的窘境。夏季的午后最难熬,我房间里没有空调,只有一把小功率的鸿运扇,我把它放在书桌前,它能稍微凉快下我的身子和发烫的电脑。我没有想过有人会来造访,我觉得自己与整栋楼里的其他人没有太多关联。小男孩来敲我家门的时候,我正在修改一篇稿子,我打算用那篇稿子去换点烟钱,电脑里放着我从外头买来的盗版音乐碟,那是某部我很喜欢的电影的原声碟。陈小青曾说那部电影是男人的史诗,"鲜花"和"原野"是男人体内原初的意象,可当时我并未很好地理解。

小男孩探头探脑地站在门外,他卷卷的短刘海黏在沁出了汗的额上,他站在门外,神色匆忙地好像有话要对我说。我打开门,将他让进屋内,他蹦跳着摸到了就近的沙发坐下,手里还拿着一瓶没有喝完的优酸乳。我面对这位突然造访的小男孩,不知道他的来意,也不想把他打发走,于是只好在他对面的地方坐了下来。他好奇地张望着我的屋子,好像在寻找某些可以说的话。他用力地吸了口手里的优酸乳,接着把盒子放到了茶几上,"我家里在这儿有台电视机。"他指着我客厅前方那个空荡荡的地方说。

"是啊,我本来也打算买的,但是想想还是太麻烦了,所以没弄。"

他好像并没有在听我的回答，而是拿起了优酸乳径直地朝着我的书桌走去。

"我家这里有台钢琴，我妈妈从外面搬回来的。"他转过身朝我书桌的位置努了努嘴，向我示意。

"这儿地方太小啦，买了钢琴我的书桌就没地方放了。"我不确定小男孩是否懂得我试图绕过的那些东西。

"你这里放的音乐很好听的，我不喜欢我妈每天要我练的曲子。我喜欢你这个。"他半蹲在我书桌前的凳子上，撅着屁股专心地看着电脑屏幕，"你这个曲子叫什么嘛，你告诉我，我就把我从家里拿来的糖分给你，这些我爸妈都不知道。它们现在正在我的袋子里。"他伸手掏了掏衣袋，像是在确定自己没有说错。

我该怎么回答他呢，我该告诉他这个曲子的名字么？可是那是英文，说了他也不会懂，像他这么小的男孩可能连汉字都没有学全吧。我想了想，编了个名字跟他说，这首曲子叫"小牛仔"。他听完，挪了下身子，把手伸进小衣兜里掏出颗糖，放到了我的书桌上，转过身对我说，"喏，我把糖放这里了，你不能耍赖说我没给你。你先不能吃它，我回去会让我妈妈去找这个曲子的，如果没找到，我可会回来把这颗糖收走的。"说完他又转过身子去摆弄我的电脑了。

"牛仔是什么东西呢？"他沉默了半晌突然说话了。

"就是电视里穿着蓝色衣服戴着帽子的那种人，就是穿在你身上的这种衣服。"我朝他身上的牛仔衣指了指，他看了眼自己的上衣，"难道你没和你的朋友们聊过么？"我原以为"牛仔"该是所有小孩子都会懂的，它因动画片的反复播放应该早已深入人心了。

"我不看电视。"他从我的凳子上跳了下来，摇晃着小身子站在书桌前，"我妈说那是给不聪明的小孩看的，我比他们都要聪明，所以我不看电视。我很喜欢我的这件衣服，它和《唐卡历险记》里的那件一样，所以我很喜欢。"他说完这话，就不再说了，沉默地围着我的书桌转来转去，好像在等着我接话。

"《唐卡历险记》是什么？是部动画片么？"我没有看过这东西，但我想着应该和当下流行的那些动画片没有什么不同，大概也是和什么古怪的神奇动物一起去历险什么的。

"你怎么能没看过呢。很好看的呢。"他眨着大眼睛撅着嘴对我说，过了一会儿他抿了抿嘴，面带失望地说，"不过，我原谅你了，因为我的同学他们也不看。"

"噢。"我本来想绕过这个话题，说点别的，可小男孩却说起了《唐卡历险记》的事情。他回到了椅子上，边讲着《唐卡历险记》边伸手抹去额头上的汗水。我站在他对面，听着他兴趣盎然的讲说。从他的描述里我能知道《唐卡历险记》和别的动画片不同，里边的小男孩从小是孤儿，和他一同去游历四方的不是古怪的神奇动物，而是巧克力，那盒巧克力是他在路边捡到的，他用巧克力做了人偶，做完后他发现人偶居然能自己行动，最后他俩成了朋友，再之后就是他俩一同四处游历。

"我很喜欢这个动画片。"小男孩朝我眨了眨眼，"你说巧克力真能变成人么？"

我不知道该怎么回答这个问题，我想了一下回答他："或许能吧。"

听完我的回答小男孩显得很高兴，他盯着我说："我就说能，我的爸妈都不信我。我也给自己捏了好多个，可没等捏成它们就融掉了。"他坐在椅子上晃着脚，"等哪天我把它捏好了，我就领着它来见你。你是第一个说能的。"

那天中午我和小男孩没聊太久，我俩聊了大概半个小时，他就被母亲尖细的呼唤声召回去了。我和他商量好，以后他没事时可以到我家来玩，我会用电脑给他放关于"牛仔"的动画片，而他则每次带一颗巧克力来。为了能给他放动画片，我特意出门买了网线，顺便把电脑维修了一下，让它能在播放视频的时候更加流畅。我和维修电脑的店主说了半天，才勉强让他免费把我电脑弄好。小男孩离开我屋之后，隔了一周才再到我家来。他来敲我家门时我正盯着电脑屏幕发呆。

他进了屋后对我说："你说的那首曲子我没有找到，我妈妈也没有，这次我是来收回上次的那颗糖的。"我胡诌的歌名他怎么能找到呢，还好我做了准备。我把他领到我的书桌前，把桌面上我改了名字的歌点给他看，我说："你看看嘛，这个明明就是'小牛仔'呀。"小男孩看了看电脑屏幕，也没多问，他坐在桌前挪动身子，从口袋里掏出一颗巧克力来对我说："那你该给我放动画片了。"

我把书桌上的电脑扶正，把它调成小男孩方便观看的角度，然后点开了我从网上找来的动画片。那部动画片讲的是一个聪明的牛仔和几个蠢坏蛋的故事，聪明的牛仔骑着匹黄棕色的马，带着蓝色的牛仔帽，身上穿着的牛仔衣和小男孩的很像。他好像很喜欢那部动画片，探着头专注地看着屏幕，不时地砸吧着口里的糖，看到有趣的场景他还会咧着嘴笑。那天下午我本来打算把已经下载的动画片前几集都给他看，可他却提前被母亲唤回去了，和上次一样他母亲那细长的声音从我的门口传来，小男孩听了之后难为情地转过头跟我说："我该回去了，这颗糖你留着，下次我还到你这里来看这个。"他不舍地朝电脑望了一眼，接着就慢慢挪步朝门口走了。

小男孩离开后，我回到书桌前，百无聊赖地看着电脑里正在播放的动画片，听到楼顶上那断续的钢琴声又响了起来。他母亲细长的催促声混杂在曲子里，让断续的琴声变得愈发别扭。给小男孩放动画片后，他来我家的频率明显变高了，似乎只要他有时间，他就会往我家跑。每次他都会给我一颗巧克力，那些巧克力我都留着，把它们放在书桌的抽屉里，也不知它们在炎热的夏天里融化又再凝固了多少次。

小男孩起初来都很开心，不断地跟我讲着他学校里发生的事，我曾问过他是否真的喜欢弹钢琴，他没有回答，他只是说："妈妈说了弹钢琴的小孩聪明，我变得聪明了之后就能像唐卡那样捏出巧克力人了，他能陪着我，跟我说话。"他还说他喜欢"牛仔"，他想以后也骑着马去到处抓坏蛋。后来，小男孩到我家来时变得有些紧张了，他说妈妈不准他出来，因为学校里要考试了，没考好他妈妈肯定会骂人。他还说，他妈妈告诉他，钢琴弹不好就不要出门玩了，他现在都是偷偷地出来的。

某天下午，我刚刚写完一篇稿子，就听到了有人敲门。我开门，发现小男孩神秘兮兮地站在门外。看见门开了，他迅速地窜了进来，他跟我说，刚放学，他等下还得回家写作业，他来我家是为了让我看个好东西的。我看着他坐在沙发上，从自己红色的小书包里拿出了个本子，他把本子递给我，翻开后我发现本子里头贴了很多贴图，里头的人物是我给他放的动画片的主人公。

他仰着头，骄傲地对我说："我收集了好多，同学们都不知道的，我上课的时候也在弄这个，我把本子夹在书里。"他从背包里拿出本书，把它翻开，给我示范他的动作，"老师还以为我在认真听课呢。"说完这些，他立马把我手里的本子要了回去，打开门一溜烟地窜了出去。在那之后，小男孩有很长时间没再来过我家。每日中午楼上仍会飘来钢琴声，清晨小男孩还是穿着牛仔衣被他母亲领着去上学，每次路过我房门他总会朝我这边瞟几眼，不过他却都没有进来。

他最后一次来我屋子里，是在夏季的某个傍晚，那时外边正下着雨，我躺在床上想着楼下老王给我推荐的彩色电视机，他说俩人一起买会有折扣。客厅里突然响起了一阵敲门声。我去开门，发现外头站着那个小男孩，他全身湿透了，头发趴在脑门上滴着水，眼睛湿润地半闭着，手里拿着许多浸透了水的纸页。我连忙把他让进屋里，那时候我刚和隔壁的那个女青年搞上，我想到她的衣服有几件还留在我的书房里，就给了小男孩一条毛巾，让他坐在沙发上擦干身子，自己连忙到书房把那些衣服收拾好。我再回到客厅时，小男孩正在边用毛巾擦着身子，边低头哭泣。

他把手里浸了水的纸页摊在桌子上，把它们摆弄来摆弄去，嘴里不断地低喃着什么。我凑近去看，才发现他摆在桌子上的纸片原来是他那天给我看的贴图本。"妈妈把它撕掉了。"他低着头，边用手擦拭脸上的水珠，边说，"她什么都不懂，她根本不懂牛仔。"小男孩哭了一会儿就不哭了，他拿手上的毛巾擦了擦脸，接着从口袋里掏出了个小东西，把它放到我的桌子上。他说："我原来以为只要我把它捏好，它就能陪我说话了。"我看着桌上的那团黑黑的物体，猜到了那是什么，小男孩把那东西拿起来又用手捏了捏，接着伤心地

125

放回了口袋里,他摇了摇头,边抽泣边跟我说了这样一个故事:

"唐卡在和他的巧克力朋友住在山洞里的时候,外边正下着雨,唐卡以前打败的那个女巫又回来了,她拿着长长的扫帚跟唐卡约定比赛,谁输了就要听对方的指令。唐卡这次没有赢,他输掉了,他的巧克力朋友也没有帮上忙。女巫赢了之后拿着扫帚命令唐卡表演,她让唐卡表演钢琴,可唐卡说他只会表演西部牛仔骑马,女巫不肯,她把唐卡随身带着的本子撕掉了,还把他的巧克力朋友变成了钢琴,说只有表演了,他的朋友才能回来。唐卡没有办法,只能表演,他坐在巧克力朋友变成的钢琴上,开始表演,可边表演,那钢琴就边融化,它变得软软的,最后流了一地。他们都在骗人。唐卡再也没有巧克力朋友了。"

小男孩讲完这个故事后,把擦过脸的毛巾揉成一团,扔在我的沙发上就离开了。我跟着他来到门前,发现那时他母亲已经站在那里了,她朝小男孩使了个眼色,小男孩就上楼了,接着她咧着嘴对我笑着说:"小孩子呀,不懂事,你不要听他瞎说,我这不是'恨铁不成钢'嘛,从外头租来钢琴,每个月这么多钱,也不容易啊,让他学非不学,在学校学习也不好,我看他以后还是不要再到您家来了吧,小孩子还是得先搞好学习。"我望着她身上那件穿得已经灰白的连衣裙,不知该再说些什么。

第二天早晨小男孩去上学时我通过猫眼看去,发现他已经换了件衣服了,他穿着一件印着机器猫的衬衫,从袖口露出的细白手臂上可以看见紫青色的淤痕。他的母亲跟在他身后,手里拿着一束白色的百合花,那花瓣沾着露水,在清晨楼道的灰尘中明亮、鲜艳。小男孩的父亲仍是拿着瓶牛奶在后面跟着,像只无精打采的秃鹰。与

126

往日不同,小男孩路过我房门的时候没有再朝这边望过来。从那之后,小男孩再没来过我的房间。楼上钢琴声越来越流畅响亮,而那些骑马扬尘的牛仔却早已消失。

3. 那春催醒你的鼻涕虫

每日清晨,天刚蒙蒙亮,老王总会骑着那辆宽大的三轮车路过我的阳台。那时雾气总还不怎么浓,居民区投下的阴影里,老王佝偻着身子穿行于早春寒冷的空气。他缓慢地移动,左右腿交替踩轮,铁链撞击轴轮,发出"咔嚓咔嚓"的笨拙声响。从他轮子下伸出两条轨道,那是他背后居民区前两棵光秃秃的死树在清晨的阴影,沿它们指引的方向前行便到了老王活命的菜市场。那里是附近许多商贩的聚集地,人们在那里买卖蔬菜、水果、肉食、日用百货、鞭炮以及节庆的礼花。老王守着肉铺,每日清晨从别处踩三轮车运来货,到了市场卸下,拿起厚柄窄刃的屠刀切肉、剁骨。

老王的灰棉袄一直从冬天穿到春天。我在菜市场逡巡时,常能看见他穿着那件宽大的棉袄,一动不动地站在他的肉铺后面。说是肉铺,其实仅仅是个用几根粗木头支起、上头盖了个深黑色遮雨篷的简易摊位。褐色的砧板放在中央,右边分别放着尚未处理的各类肉块,左边的肉块则已经剁好分了红、白、肥、瘦。老王是个左撇子,拿刀的时候习惯左手,切起肉来动作飞快,而且还肉量准确,他给所有顾客都是足量,从不缺斤少两。早晨八点左右,是他肉铺一天中生意最好的时候。那个点只要我到菜市场去闲逛,总能看见老王的肉铺旁围满了人。

我在市场外再遇见老王，是在市场最南边的一条窄巷里，那儿邻着通往城区的高速路。下山后，我不再每日逡巡于屋子四周，我喜欢在更远地方的巷道里转悠，去窥探更多不一样的生活。黝黑、狭窄的巷道在城市工业用地的挤压下逐渐萎缩，如被耗尽了气力的老物，被蓬勃的新生儿驱赶到了城市的边缘。我喜欢观察这些地方的炊火人迹。狭窄的弄堂，夏天有人坐在短腿木椅上摇蒲扇，还有人就着柴火搭着小灶台做饭，他们佝着身子走路像是迁就地方的狭窄，除了唤儿童回屋的喊声或者"磨菜刀"之类的吆喝，他们大多低声说话。在城区簇拥的高楼间，这些地方像陷进去的凹地，他们夹在商业区的窄缝里吃饭休憩，悄无声息地活命。我见着老王时，他正穿着灰棉袄，两手插在裤兜，侧身走在我前边的一条窄道，看他那样子好像刚从某户人家里出来。

　　没想到在这地方也能碰见他，我小跑着上前本想跟老王打个招呼，可看着老王走路时左右摇晃的身影我又有了些犹豫。他像是喝醉了酒似的，走路踉踉跄跄，在灰扑扑的窄巷里，一脚深一脚浅，好像踏不实脚下的地面。我对老王了解得少，平日里他沉默寡言，和我交际不多，我想着或许他心里有事吧。那条巷道的尽头就是一片稍微开阔点的空地，那儿毗邻高速路，我跟着老王走出巷子，他才发现了跟在身后的我。他挺了挺先前佝偻的背脊，眼睛眯起，眼角叠起层层的皱纹，冲我扬了扬手，说："小伙子，跟着我干啥嘛。"

　　我连忙跟老王解释，说自己是刚搬来他楼上的那个小张，今天在外边瞎转悠的时候碰巧遇见他了。我跟老王说："看您走路的样子，您好像有什么烦心事啊。"老王摆了摆自己棉袄的袖口，慢下了脚步，好像正等着我走上去。等我到了他身边，他对我说："小伙子啊,你还年轻,这些你咋子晓得呢。"说完这话我俩都沉默了,我看见空地四周立着些稀疏的树木,空地前方更远处有个类似地下通道的路口,不时有车辆从那儿冒出来。老王绕着空地踱步,我跟在他的后头,空地上静悄悄的全是尴尬的沉默。

老王在前边走了一会儿,突然不走了。他转过身望着我,好像有话要说,犹豫了一阵子,老王还是开口了,他说:"小伙子,你有没有想过给屋里换台电视啊。"看我被问得一头雾水,老王连忙跟我解释,说他这不是在搞传销,老王激动起来时容易脸红,说话也不大连贯,两只手像是不知何处安放般抚着裤兜。他跟我说他在城里还有个弟弟,就住在刚刚的那片弄堂里,是卖二手电视的,那些电视都是他弟弟从城里收来的——说到这里他还特意强调了,虽然是收来的,但是机器都经过他弟弟悉心维修了,保管能用。他还跟我讲,他弟弟那里的机器比市面上的便宜,机器不好用可以找他退款。他说他可以用自己的信誉做保证。老王是个老实人,这在我租住的小区里是人所共知的,其实即使他不说后半句,我也知道他不会骗人。

在老王的邀请下我跟他去了他弟弟家。那是座在巷道深处的小房子,不大的堂屋由几户人家共用,老王弟弟的"家"其实就是小房子里靠北的一间房。老王的弟弟看上去很显老,但俩人长得很像,高高的额头,深凹的眼眶,鼻梁突出得有些别扭,与老王相比他弟弟的脸更加阴郁,像是笼满了灰尘。老王弟弟的房间里,堆满了不同型号的电视机,从九几年的熊猫牌电视到近几年的TCL,他给我介绍机器的时候,总是咧着嘴,像是见到了自己的亲儿子般抑制不住内心里的喜悦。我和老王在他弟弟那里待了大约半小时,我说还是先考虑一下再做打算,如果决定换电视那肯定先找他俩聊。老王的弟弟听完，忙着拿水壶往桌上的杯子里沏茶水，我连忙说不用了，待会就走了。从那个昏暗闭塞的小居所出来，老王的弟弟送我到门边，他穿着那身藏青色的布棉袄，立在黑黑的木门边对我说："小伙子啊，是外地来的吧。"我转过身，犹豫地望了他一眼，却没有回答。老王的弟弟暗自退回了屋里，我听见他垂着头，叹了口气说："这年头，谁都不容易啊。"

从弄堂出来我和老王没有急着回家，他又把我领到了那片临近公路的空地，说是要带我去看个地方。老王把我领向了高速路口，走近看我才发现那里原来是个地下通道，水泥筑起的矮墙往里逐渐变深划出了道路的边界，宽阔的路面由空地的前方一直延伸到里部，路口其实就是隧道的出口。老王摸到矮墙边，熟练地爬上去坐下，我跟着他也上去了。那时候天色已晚，灰蒙蒙的天空里，日头像是打碎的蛋黄，低低悬在远处的山峦上。老王跟我说，每次他从弟弟家出来，总会一个人来这里，他就坐在公路边上，看着从那下边不时冒出来的车辆，听着它们的声响，静静地坐上一阵子，这样总能让他的心情变好些。我用手摸着自己屁股下边的水泥矮墙，看着傍晚时隧道里渐渐亮起的灯光，灯光明晃晃的，和四周灰蒙蒙的夜色对比鲜明。隧道里不时地冒出来的车辆，窗户和漆得平滑的车身反射着灯光，晃得人眼睛生疼。我和老王默默地坐着，身后是广场四周稀疏沉寂的白桦树。坐到太阳完全落山了，老王起了身，他说要邀我去他家里喝酒。

老王家的布局跟我租的房间差不多，稍有不同的是他客厅旁边的位置放了个陶瓷缸子，我问他那里头装的是什么，他回答说，那里头啊，装的都是酒。他和弟弟生在南方的小村子，他们村以酿米酒出名，别的地方米酒度数不高，都是做饮料喝，可他那地方酿出来的米酒却很醉人，一般人稀里糊涂咕嘟几碗下去，肯定就起不来身了。当晚，我和老王就着从楼底下买来的卤菜，喝了不少酒。老王家的照明设施用的是老旧的白炽灯，悬在头顶嗡嗡地响，我酒喝多了就脸红头晕，老王喝多了就喜欢说话，我俩半趴在木桌上，老王挽起了自己棉袄的袖口，跟我讲他小时候发生的事。

"我小时候还有个弟弟，是亲弟弟，那时候我娘还没有怀上我现在的这个弟弟，家里头穷读不起书，我俩就一起跟着家里帮村里的地主干活，我弟弟聪明得很，虽然个头不高。"老王伸手比划了两下，"但是鬼精的，我小时候领着他去给地主家割茅草，地主家其他的长工看我俩年龄小，总是欺负我们。有次有个长工在我俩割草的地方放牛，看见我俩就想过来抢地主刚分下来的馒头，我俩不肯长工就打人。"老王说，"那是拖着打啊！"他把两只手扭在一起，做出被别人拧住的样子，"可我弟弟很聪明啊，他趁着长工在追我的时候偷偷地把他的牛放跑了，放跑了之后还朝着长工喊，说牛跑了。长工回头看见牛真跑了，只得放下拎着的我，拔腿去追。"老王讲这些的时候，眼睛眯眯的，像是在偷着乐，"这些还被地主看见了，那个长工啊，最后还被地主打了一顿，说是做事不专心。"

"长工被打的时候，我和弟弟也在场。起初我俩还觉得很痛快，可是后头长工被打哭了，看见他背后皮开肉绽的样子，我弟弟跟我讲，"老王抿了抿嘴，"我弟弟说啊，'哥哥，你说我俩以后是不是也会被这么打？'我当时听了这话就懵了，只顾着痛快去了，没有想到那长工也是人啊，家里头也不容易，这么被打坏了之后只怕得好久下不了地了，家里头吃什么呢？"老王继续说，"我跟弟弟说啊，'弟

131

啊,不会的,哥肯定会保护好你的。'"

可是后头的事情却不是老王能想到的。他的弟弟在九岁的时候生了大病。

老王说:"那其实也不是什么怪病,就是肚里生了虫,肚子鼓起来好大,那病放到现在,去医院领个药丸吃了就能消掉,可是我们那时候哪里有药啊。"我望见老王那双微闭的眼睛里,布满了淡淡的血丝,"我弟弟那时候懂事,他总是跟家里讲,跟我讲,没关系的,他还是跟着我,背着把锄头去做事。可我知道他肚里痛啊。我弟弟就挨了半个月,终于有天他实在是熬不住了,他跟我讲:'哥哥,我今天起不了身了,肚子痛。'我把他的衣服撩开,看见他的肚子已经肿得跟个皮球差不多大了。那时候我伢娘在地里做事,根本没时间管我俩,我只好去求地主,跑到他家去磕头,求他找人救我弟弟。后来地主还是找了医生去,可等到医生到我家的时候,才发现我弟弟已经快不行了。"老王说到这里停住了,他整张脸皱起,嘴角往下咧。

"医生给我弟弟喝了碗药,拿刀子在油灯上晃了晃,准备给他做手术。可我弟弟已经疼得神志不清楚了啊,他不肯,还死命地挣扎,像中了蛊一样,两只手乱抓,腿也乱踹,可只闹腾了一会儿就没得声息了。医生用手探了探他的鼻子,跟我说:'没办法了,人去了。'"老王拿起桌上的酒一干二净,把碗放下,用手抹了抹眼睛,"我就这样看着他疼死啊。后来医生给他肚子剖开,那里头密密麻麻的全是白色的虫子。从那之后我看见虫子就受不了,就是那东西折磨死了我的弟弟。我本来想着以后能带着家里人去村外边,可是好多事情,我们都没得办法啊。"

当晚老王喝了好多酒,他说完这故事就不再喝了,开始坐着闷闷地抽烟。我坐在他对面,起初头还晕晕沉沉的,可后面却慢慢清醒了起来。我也把酒碗放下,陪他点上了烟,我俩就默默地坐着,一根接一根地抽了一晚上的烟。那晚过去之后,老王仍是站在市场那个小肉铺后边剁肉,平日里也不再多说话,可我脑子里总惦记着他跟我讲的那个故事。我想趁着自己还有点储蓄,或许可以去他那儿买台电视。那事过去半个月后的有天傍晚,我估摸老王应该收摊了,就想去他家咨询有关电视的事,可敲了半天门都没人应,我只好去他市场的肉铺那儿寻他。

才刚进市场,我就远远地望见,老王那用几根粗木搭起来的简易肉铺周围,站了好多穿黑色制服的人。我连忙上前去探个究竟,发现人群中间老王正穿着他那身灰棉袄,手里拿着剁肉刀孤零零地站着。我仔细端详了周围的人,发现他们是市政府派来的,说是要把市场这块地收回去。人群里,老王紧紧抿着嘴,对那群穿黑制服的人瞪着眼睛,好像正在警告他们不要上前。市政府的人员游说了许久,老王只是抿着嘴,瞪着眼。看老王始终一言不发,穿黑制服的人就都散去了,临走前他们还撂下话说:"你个老头啊,会有你亏吃的。"看人群散去后,我连忙上前想问清老王这到底是怎么回事,可老王见我只冷冷地说了句话:"你也是来劝我搬走的吧!我不会搬的!"说完,就兀自收拾摊位往屋子走去了。当晚在小市场嘈杂的人声里,我看见老王穿灰棉袄的身影从灰暗的光线里透出来,他跟跟跄跄的,像是独自穿行在落了雪的人群中。

那个春夏之交格外的闷,天气阴晴不定,江南漫长的梅雨气候让整个居民区都飘荡着一股潮湿、腐败的气味。市场的小贩们和市政府的工作人员僵持不下,起初政府想要无偿征地,后面做了妥协——有偿,但是有偿的对象仅仅是本市原住民。这样一来,许多小贩都不再跟市政府对抗,他们想着自己能拿到钱了也就做起了说客,让那些"非原住民"们把摊子撤走。老王自然不肯,他说他当初在那儿做肉铺的时候,政府说不让,交了好多钱办了好多手续才能弄个摊位,现在政府说要征地,说征就征,就因为他不是"原住民"就分文没有,他怎么想得通呢?别人都劝他说,老王啊,这世道想得通、想不通,那都得想通啊。那些人都拿了补贴,老王对他们说,我什么都没有啊,但是我还有把杀猪刀咧。于是老王就一直跟政府犟着,他身上的灰棉袄换成了一件稍薄的衬衣,每日站在空荡荡的市场里握着把剁肉刀,等着政府派来的人,每次看到他站在那里孤零零的样子,就像是单枪匹马的卒和对岸严阵以待的王作战,我不知这残局将维持多久,但或许对峙本身就已经是胜利。

那个夏季政府再没派人来和老王谈,老王就一直挺着身子站在那里,无论刮风下雨。周围的摊贩都等着老王改变心意,可他却始终沉默地日复一日地守着他的摊铺。那年夏季中旬,连续的雨水天气让人很不好受,潮湿的空气像是吸饱了水的棉花,堵在人的胸口,流感搭着西北风一路袭来。站在外头久了,老王也得了重感冒,守着摊铺的时候要随身带纸巾,鼻涕还一直留个不停。我也曾经试着劝过老王,我说:"老王啊感冒了就回家歇两天,别熬坏了。"我实在是担心他吃不消。可老王只是边拿着纸巾擦鼻子,边咧着嘴对我说:"小张啊,我晓得你不是来害我的,你放心,我没事。"说完就接连地打了许多个喷嚏。

老王还是病倒了。他那天发高烧实在起不来床,就昏昏沉沉地睡了一上午。等他中午爬起来,摸着那把剁肉刀往市场走时,他才发现整个市场已经被挪平了——市场开阔的地面上建起了新修建的大楼的地基,地面上黑乎乎的铺满了水泥、石灰粉、碎石砾,他的那个肉铺已经不见了踪影。老王站在那儿呆了半晌。他跟我说那地面上盖的砂砾,密密麻麻的像是他以前见过的那些虫子。当晚在工地机器扬起的粉尘里,老王掏出了随身携带的卫生纸,他擦干了鼻子里流出来的鼻涕,默默地走回了房间。

老王选择了离开。他临走前还留了张便条给我,他把便条塞进了我的门缝里。如今,每当再看到这张便条,我总会想起老王悄无声息的离开,像是不愿惊扰更多人似的,他走的时候连行李都没带。他在便条里写了许多,但我唯独最记得的还是那句"小张啊,可是好多事情啊,好多事情我们都没得办法"。每次读到这句,我总会想起老王穿着灰棉袄跟跟跄跄地下楼的样子,他左右摇晃着身子,一脚深一脚浅地走在过道里,走在街道上,走在市场拥挤的人群中。我不知道何时才能再见到他,也不知再见他时,我是否还能认得他那落落寡欢的身影。

4. 青鸟成群地在你的长腿上盘旋

她站在邮局外边。天正下着雨。她举着把灰蓝色的雨伞,上身穿着件黑色的夹克,下面裹着条紧身的牛仔裤,透过她举着的雨伞下缘,我能看见她高高扎起的头发和她光洁的额头。我俩在这座城市初春的雾气里遇见,那时候我从超市买完东西正准备穿过马路去搭公交,远远地就看见了她在邮局门口的身影,她举着雨伞,站在邮局绿色的门口,用脚尖点在积水的路面上,左右摇晃地划着圈。她的这个举动令我着迷，它透露出和她的打扮并不相符的感觉，那像是孩童般的天真。

邮局旁边是个儿童超市，门口放着曲颈天鹅造型的游乐车，如果投枚硬币进去，它就会边唱着歌边摇晃起来。我跟着前边的那对母女朝邮局走去，我觉得她正站在那里，或许就是为了等我。小女孩蹦蹦跳跳地坐进了游乐车里，曲颈天鹅开始笨拙地摇晃起来，从它翅膀下边传出一首童谣。我绕过儿童超市，走到了她的雨伞面前，跟她问了好。

"在干吗呢？"

"想邮封信。"

这是我和她简短的对白。她好像不愿多说话似的，目光游离地望着脚下的地面，那双棕色的靴子仍在地面上游动。我俩沉默地站着，肩并着肩，一齐望着对面马路上来来往往的许多人。她拿着伞朝我这边侧了身，问我：

"从这儿邮封信到上海去要多久啊？平邮。"

"大概半个月吧。"她的声音比我想象中的要低，有些沙哑，像是被砂纸磨过一样。

"从那儿再寄回来，应该也要这么久吧。"

"你去过上海么？"还没等我说话，她又问我。

"去过啊。"上海。其实我从来没去过那里，可我远远地能想到那个城市，我不想让她给我的这个机会溜走。

"那你肯定知道这个地址吧。"她指着手里那封信上落款的地址问我。我顺着她手指望去，看见上面写着"上海市松江区松井园107号"，我翻寻自己脑海里关于上海的零碎了解，却怎么也拼凑不出这个地方的样貌。我只好顺着那个地名胡编了一些话。我告诉她，那地方周围都是高楼，很多高楼都升到了云层里，那儿有条江水流过，江上横跨了一座大桥，到了夜里桥上的路灯就会亮起，映着桥上川流不息的车辆，明晃晃的很好看。她听了我的回答把信封收回了口袋，沉默了半晌后，对我说："哦，没事了，我只是随便问问。"

小女孩笑着从游乐车上下来了。儿童超市门前的曲颈天鹅慢慢地停止了摇晃。它灰白色的塑料羽毛上沾了些水珠，微微地透着光。为了避免不必要的沉默，我以为告别的时机或许到了，就在我打着伞准备回去时，她对我说："今晚蓝朵河有个晚会，你和我一起去吧。"蓝朵河是个酒吧，这我知道，它离我的住处不远。我在想着她想传达给我的意思，我想问她是我值得被她邀请，还是她找不到其他人了呢，可她已经举着蓝色的雨伞离开了。

傍晚的时候我跟着她去了酒吧的晚会。晚会开始前，我站在酒吧前的两棵槐树下观望着来来往往的人群。她从酒吧里走出来，倚在我身边，低声对我说："他的男朋友最近都住朋友家，他俩已经彻底闹翻了。"我不知道这话里边的意思是否和我想的一样，我本想问她和那个小青年吵架的缘由，但我想起了以前看过的一部电影，那里头说"好的猎人懂得等待时机"，于是，我忍住了好奇心。我象征性地安慰了她一会儿，我知道她其实也不大需要我的安慰。她穿着蓝色的紧身夹克，脸上化着浓妆，她嘴唇贴近我说话的时候，我感觉那儿正绽放着一朵饱满的花，它明亮、鲜艳，正逐渐燃起灼人的热度。我不能靠她太近。陈小青离开之后，我再也没有去过酒吧。我还记得和她第一次在酒吧见面的场景。多么相似，这回忆让人恍惚。

酒吧的舞会让我觉得尴尬。几乎没有我认识的人，除了她。她摇晃着身子在人群里晃悠，轻车熟路地把手臂勾上不同男人的肩膀，领着他们到酒吧中央去跳舞。而我呢，我什么都不会，只好坐在酒吧柜台那儿喝闷酒。我以前和陈小青去过许多酒吧，对酒有一些了解，在这个酒吧里我尝到了一种叫"浮蓝朵"的酒，这个酒令我模糊地想起从前的某些事情，可我又记不真切。它初尝起来有点烈，把酒含进口里时有些灼人，但是喝下去进了喉管却异常顺滑，甜甜的，有股奶油的芳香。她在人群中转了一圈又一圈，终于来到我坐的吧台前了。她总算没有忘掉我。她的脸红红的，在蓝色的灯光下显得有些魅惑。我问她："你还能喝么?"她笑着拉了拉自己的夹克领口，把蓝色夹克整个脱了下来，我看见她里面穿着一件黑色的吊带衫。她说："当然能喝啊。"

　　酒吧的老板叫"铁头"，他穿着黑色的衬衫半倚在柜台上，脖子上挂着个木质的装饰，在酒吧昏暗的灯光下我能看见那个大概是个动物造型的木雕。看上去有点像是只鸟，我不太确定。自从陈小青离开我之后，我便决定不再外出找女人，也不再乱喝酒，可这些真的到了我面前时，我却下不了拒绝的决心。在黑色吊带衫的修饰下她的身子若隐若现，喝完酒后脸上泛出的红晕像是两朵粉红的桃花。我给自己灌酒，一杯接一杯，那些温润的液体穿过我的喉管，我感到自己的胸腔正逐渐被锁住。我喘不过气来。或许是独自待了太久了吧。我给自己的这些反应，找着让我不会过于难堪的理由。

　　铁头坐在我前边，举起酒杯盯了我两眼，侧身过去问她："这是你新交的男朋友啊，蛮不错的。"我听到这句话后只感到自己胃里火辣辣的感觉上升到了我的颅顶，我不知她会怎么回答，我在期盼她的回答,以使自己不那么难堪。她向我这边侧过脸,漫不经心地打量了我一下,回答说:"是啊,我就说蛮不错的吧。"这个回答让我感到了安全,它让我在这个舞会上不至于那么的"格格不入"。当晚我俩和铁头喝了不少酒,每个人都在不停地说着话,但或许没有人真的去听其他人正在讲些什么。她穿着棕色长靴,有节奏地用鞋跟敲着地面,那沉闷的"笃笃"的声响,是整个晚上我脑海里能听到的除了我的自言自语外的唯一响动。我不停地喝酒,我把自己浸在了酒杯里,凭借着那"笃笃"的声响在脑海里拼凑着,她那吊带衫、紧身裤、棕色长靴里的身体。

喝完酒后是她把我领回了房间,还是我牵着她去了房间,我已经全然记不得了。我只知道等我再次清醒起来时,已经是次日的中午了,我躺在她的床上,她已经不见了踪影。醒来后我的头还是一阵阵地犯晕,那些酒精好像还没有全部散去,它们在我的身体里埋下了苦涩的根茎。我觉得自己的舌苔泛苦,四肢冰冷麻木,勉强地支起身子,我发现自己全身赤裸着,可关于昨夜的那些事情,我却什么都想不起来了。为了避免不必要的尴尬和麻烦,我连忙把衣服穿好,跑回了我自己的房间。临走前我还特意地留心了一下她的房间,整个屋子的布局和我那边相似,同样的狭窄、闭塞,墙壁灰扑扑的,唯一和我那边不同的就是在她客厅的墙壁上有些块状的装饰,我走近看才发现,那些像瓷砖一样一块块的,原来是她和她男友的合影。

那天傍晚的时候,我刚从外头吃完饭回屋坐了一小会,屋前就传来有人敲门的声响。我透过猫眼往外望去,灰暗的楼道里是她穿着红色大衣的身影,我把门打开,看见她正提着一袋盒饭,低头朝着自己的手呵气。看见门开了，她扬起了头，透过齐齐的刘海我看见她那双大大的眼睛，像是黑夜里受了惊恐的知更鸟，她把头发放下来的时候真是漂亮多了。我把她让进屋，她把塑料袋放在客厅的茶几上，跟我说："张牧，我男朋友又来找我了。"就在她说这话之前，我差点忘记了她是有男朋友的这个事实。我不能让自己显露出小男人吃了醋的急切，却也不能过分显示相反的冷漠，我告诉自己，得找个适宜的平衡点。我对她说："怎么了呢，他来找你不是挺好的么？"

她听了我的回答低下了头，像是丢了什么东西似的。她沉默了一阵子对我说："张牧，他威胁我，他说如果我不跟他和好，他就要采取'必要的措施'了。"小青年，我脑子里突然浮现出了她男友的样子，穿着带着金属链的皮夹克，每时每刻嘴里都叼着烟，那双沾满泥巴的皮靴好像许多年没有洗过了。他能采取什么措施呢？除了动物性的逼迫，我想不出另一种他能采取措施了。我在心里暗暗地叹了口气，对她说："你不用怕，我不会让他把你怎么样的。"说完这话，我就知道了自己这句话的无力，如果他真的来打人或者怎么样，我或许也不能起到多大的作用，在那一刻，我为自己的无能而感到羞愧。听了我的回答，她像是很满意，她朝我点了点头，然后把茶几上的塑料袋打开了，她对我说："我想着你一个人在家里，就给你带了饭。"我回答她说我已经吃过了，她便埋下头，兀自地吃了起来。

在那之后很长的一段日子里，她天天都会来我家，我俩一起坐在客厅里吃盒饭，听着从我那台修好了的电脑里放出的音乐，说着些不着边际的话。她很喜欢张国荣的歌，陈小青也是这样，她跟我说，她很想去看下雪的南山，如果以后有机会我俩可以一起去。就在她说这句话的时候，我还没有意识到，自己正跟陈小青之外的另一个女人围坐着吃饭，这种感觉令我恍惚，每到这时我就感到胸闷，想要咳嗽，它让我从真实的对话里逃离出来。我难以想象，自己对于眼前的这些场景的感受竟被肺部的一小块病变的细胞所支配，那些许多年前和陈小青在一起时落下的隐疾，如此长久、真实地占据了我的生活。我回答她说，会有机会的，我俩会一起去的。其实，我并不确定自己对眼前的这个女人，是否真的有强烈的喜爱。她和我做爱时不讲脏话，和我在她隔壁时听到的情况完全不同，她习惯把手放在胸前，脸上粉扑扑的像只小猫。只有在这些时候，我才能真实地感受到对她的爱意，那是某种柔软又强烈的感觉，这感觉让我想去拥抱她。

我俩还时常去酒吧，铁头常年穿着那件黑衬衫，从他衬衫的袖口露出两截粗壮的手臂。我看清了他脖子上挂着的那个木饰，像是一种鹰，我问他那个是哪种鹰的时候，他告诉我，那是隼，是种比鹰还要敏锐、凶狠的猛禽。我觉得那个吊饰像极了他。她曾跟我说过，铁头以前是混黑道的，犯过事坐过几年牢，但铁头人很好，为人仗义，他俩就是在一次纠纷里认识的。关于那场纠纷她并未跟我说太多，只是含糊地说那是许多年前的事了。她还告诉我，如果以后遇到了什么麻烦，都能告诉铁头的，一般的事情他都能出面帮我摆平。我能有什么事呢，我想着自己每日都平平静静，除了陈小青，或许没有什么事会再给我造成困扰吧。关于陈小青，我从来没有跟她讲过，即使她躺在我的臂弯里询问，我也不会告诉她。她好像隐约地察觉到了陈小青的存在，或许这就是女人天生的敏锐吧，即使我不说，她也能知道我在想些什么。

我原以为日子会这么平淡又缓慢地过去，每日没有太多的起伏,也没有什么让人烦恼的事。可她的男友还是找上门来了。那天外头正下雨,春末的南方雨水总多得令人腻烦,我起身去门口,我原以为自己透过猫眼看到的仍是她的身影,可是那次我看见门外站着的却是一个穿黑夹克的青年。我犹豫了一会儿,还是把门打开了。门开了之后,那个青年把嘴里的烟吐到地上,用沾了雨水的皮靴踩了几脚,扬起头,狠狠地看了我几眼,愤愤地说:"你就是张牧吧!"我回答:"是。"其实不用他开口,我就已经知道他此行的目的了。他是来教训我的么?教训我抢了他女朋友?我在心里揣度着自己该怎么防范他的攻击。可他并没有,他只是瞪着那双满是血丝的眼睛,狠狠地盯着我说:"你会吃亏的,你和那个酒吧的那个傻×都会吃亏的。"我知道他说的另一个人是谁。他说完这话之后,就转身离开了,临走前他还特意回头瞥了我一眼,我能感觉到那双眼睛里的不满和仇恨。

那几天我一直在想着他的那双眼睛。那双红红的布满血丝的眼睛,像是熬了太多夜喝了太多酒,我曾经听她说过,他平日里白天在市区的工地干活,晚上就和几个狐朋狗友在外边打流。她说这话时我从她的语气里听不到责备,相反,我听到的好像是另一种情绪。那双眼睛跟了我许多夜,每次我闭上眼它们总会浮现出来,很多时候,我都在想着早点了结这些事,即使是他早点来找我也好啊,这样我就不用每天都被那双红眼睛里流露的东西所困扰了。可他一直没来找我,她也是。那些日子我又回到了孤独、寥落的单身状态。我曾经有想过去酒吧问铁头,他俩的事情究竟怎么样了,可是我怕被那些与我无关的事情卷进去,毕竟多一事不如少一事嘛,我这样劝诫自己。

她再来我房间的时候已经是夏季了。我俩大概隔了有半个多月没有见面。我说不上想念她,但是我时常会想起她躺在我身边的样子,这种感觉与我对陈小青的完全不同。是一阵急促的敲门声让我见到了她。我迎着敲门声而去,打开门发现她正站在外头喘着粗气,她对我说:"张牧啊,出事了。"我看见她的胸脯一晃一晃地上下起伏着,就伸出了手想把她搂进屋子,可她推开了我的手,急匆匆地迈进了我的屋子坐下,接了杯水喝完,像是刚刚受到了惊吓要平复下似的。我能看得出她正尽力地调节自己的呼吸。等她平静下来后,她对我说:"张牧啊,他去找铁头了,他俩还打了一架。"我的脑袋一懵,嗡嗡的声音充满了我空空的脑袋。

　　她说:"这些日子我一直躲在铁头家,我的男朋友在外到处打听我的下落,可是铁头隐秘工作做得很好,没能让他找到。他找了大概有半个月,问了好多人都没有结果,直到有天他看见我走进了铁头的酒吧,他才确定了我在哪里。当晚,他就跑到铁头的酒吧去闹事,那时候他明显也是喝多了,提着个酒瓶子边走就边晃,见到人就乱砸。铁头是酒吧的老板,当然不能允许他乱来,就想要上前制止。"她说到这里皱了皱眉,"本来铁头也没想把他怎么样的,可谁知,我男朋友不知好歹,看见铁头上来,张嘴就是一句'我知道那个婊子在你这里,你把她交出来,你和她的那些狗屁事情我就不追究了'!铁头听了这话当然不乐意,就想让他住嘴,可他却越说越起劲,到了后头已经是歇斯底里地狂吼了。那时候我就躲在酒吧柜台后边,那么响的音乐都盖不过他说脏话的声音。"她叹了口气,"诶,他改不了,就是这个样子啊。"

　　我想起了铁头脖子上挂着的那个木雕,还有他黑色衬衫下露出的那两截粗壮手臂,他深黑眉毛下那双敏锐的眼睛,他确实像隼一样。而他的对手呢,那个喝得醉醺醺的两眼布着血丝的小青年,他穿着又脏又破的黑夹克,拖着瘦削、干瘪的身子,好像有许久没有睡好觉了。我无法想象他俩搏斗时的场景。她告诉我,他被铁头打得很惨,他俩打得很凶,酒吧里的人都想上去劝架,可是没人敢上前。铁头被他用玻璃瓶划伤了,而他被铁头完全压在了桌子下边。她躲在酒吧柜台后头,却无法不听到他的哀嚎,他边疼痛地嚎着,还边喊着她的名字,那些名字像是他脑海里唯一记住的词。她就这样躲在柜台后边,可他喊她名字的声音却像潮水般涌来。

"他被送进医院了,铁头伤得不重简单包扎了一下,现在在派出所。"她说完垂下了头。我望见她黑色的头发像是瀑布,倾斜地遮住了她的脸颊,我无法猜测她的神情,但我能从她的话里听到某种让我担心的东西。我凑近了她,在她的耳边低声说:"没关系的,我会陪着你,一切会好起来的。"她抬起了头,躲开了我想去抱住她的手,她对我说:"张牧,我们不能这样了,我们不能了。"她的这句话让我不知该怎么回答。我感觉自己的喉咙被堵住了,我说不出话来。那嗡嗡的声响再次笼住了我的脑袋。我感到自己体内某种自以为强韧的东西突然断了,我仿佛听到了那清脆的响声,就那么"咔嚓"一下,我目睹了它的溃裂。那晚她没有留下来陪我过夜,她说她得去医院陪着他,她说她现在满脑子都是他趴在地上、趴在酒水和血水里喊着她名字的声音。我不知道自己该说什么,经过短暂的恍惚,我还是开口了,我问她:"那以后我俩还能去南山么?在下雪的时候。"她从沙发上站起身,盯着我说:"张牧,我不知道,张牧。"之后,她就匆匆地离开了。看着她离开的背影,我想起了她的那间客厅,还有客厅墙壁上贴着的那些像瓷砖的合照,照片里她倚在不属于我的怀里,咧着嘴笑。

一段时间之后,我去酒吧找了铁头。那时候铁头还是穿着他的那件黑衬衫,从外边看好像什么都没有发生过的样子。可是我知道一切都真实地发生了,我望见他看我的眼神已经不同了,他粗浓眉毛下的双眼骗不了人。我在酒吧柜台点了"浮蓝朵",那是我初次来这儿时喝的。铁头没有说话,他拿起酒杯给我调好了酒,再把那装着淡蓝色酒液的杯子推到了我跟前。我本想问他:"她怎么样了?"可是在我开口前,铁头就先说话了。他从衣兜里掏出一张纸条,递给我说:"这是她留给你的。"我展开那张纸条,默念完上边的字,就悄悄地离开了。

从酒吧往租房走的路上,我走得很慢,秋季到了,街道两旁的树木都挂上了红黄的叶子,那些叶子一片连着一片,随远处吹来的风轻轻地晃荡,像是再过一会儿就会掉落下来。天边太阳被厚重的云层遮住,仅在云层的缝隙里,透出些许微弱的昏黄。我想起来到这里的上一个秋季。那时我和陈小青仍住在山上的那所小房子里,那是我的朋友借给我住的。我想起陈小青带我去过的那片小湖,那时是秋末,湖边叠满了厚厚的落叶,那些枯黄的树叶踩上去软软的,有沙沙的声响。那时陈小青坐在我的身边,她指着天边飞过的鸟群对我说:"张牧啊,你说有天如果我离开了你,你会来找我么,像是那些鸟找自己的家一样。"

我想起了和陈小青初次见面时的场景,那时天正下着雨,她站在邮局外边,举着把灰蓝色的雨伞,把头发高高地扎起,露出光洁的额头。那天傍晚坐在湖边的我没能回答陈小青,我不知道为何自己无法说出那些话来，如今我后悔了，我想着，如果现在她还能陪我去那片湖边，我会回答她的，我会告诉她，如果有天你离开了我，我会来找你，就像是那些鸟找自己的家一样。

5. 归 何 处

回到租房后我埋头睡了一觉。清晨，我被外头的鸟鸣唤醒。我直着身子坐在木板床上，望着自己空荡荡的房间，突然明白了老王离开的原因。我仿佛体会了那些他在便条里想说、却还没有说的话。到了厕所洗漱完毕，我回屋收拾好了自己的行李。把所有的东西装进皮包后，我给女房东打了个电话，我告诉了她自己的打算。她没有多说话，只是叫我把这月的房租打到她卡上就好了。我拖着黑色的皮包，走到了阳台上，许多次，我曾站在这里望着底下的人群，我知道，自己很快便要加入他们之中了。

临走前，我想着自己是不是要和楼上的那个小男孩告别呢？有许久，我没有再见过他的身影了，他不再跟着母亲从楼上蹦蹦跳跳地下来，或许他们是像老王那样搬走了。我想起初到这间租房的时候，那个女房东把头发挽成髻，在从阳台投来的阳光里跟我讲，"别看这里的住户搬来搬去变得快，但是地方还是不错咧。"我想起卡夫卡写过的那句话，人来人往，不再相见。我不知何时才能再遇见他们。是在哪里呢？商场、街头、某个歌厅、酒吧，或者别的城市的邮局门口？我不知道。

清晨总是雾蒙蒙的，灰色的雾帘里飘扬着沙粒和粉尘。我站在人群里，望见自己四周那些拥挤、匆忙，像虫子一样蠕动的身影，它们属于住在这里的儿童、青年、中年、老年。他们在不同的地方工作,忙着不同的生活,有着各异的心情,却都聚在了这儿,度过像墙壁般黝黑、灰暗的日子。那些深深埋在他们心底无望的情绪啊,就像这里许多个雾气弥漫的清晨,滋生了肺病和岁月难以调和的隐疾,我也曾是这样,我是他们的一部分。我努力地让自己挤出了人群,在这个秋季最后的一场大雾里,搭上了去往火车站的公交车。

　　我想象着自己去到了上海,在松江漫天明亮的灯光里,站到了黄浦江的岸边,我或许将望见那一望无际的江水,在两岸的灯火下缓缓地流着。我眼前那些高高竖起的楼房,缓缓地铺开,在那森林般竖起的建筑群里,伸展出一条宽阔的桥面,我走上那座桥,朝着对岸城市更深处的灯火走去。

图书在版编目（CIP）数据

去蓝朵河参加舞会/谭人轻著.—上海：上海人
民出版社，2014
ISBN 978-7-208-12353-3

Ⅰ.①去…　Ⅱ.①谭…　Ⅲ.①短篇小说-小说集-中
国-当代　Ⅳ.①I247.7

中国版本图书馆CIP数据核字(2014)第119297号

出 品 人　邵　　敏
总 策 划　臧建民　于建明
执行策划　零杂志
责任编辑　林　岚　陈　蔡
技术编辑　汤　靖
封面插画　楚　瑜

世纪文睿出品

去蓝朵河参加舞会
谭人轻　著

出　　版　世纪出版集团 上海人民出版社
　　　　　（200001　上海福建中路193号　www.shsjwr.com）
出　　品　世纪出版股份有限公司　上海世纪文睿文化传播分公司
发　　行　世纪出版股份有限公司发行中心
印　　刷　启东市人民印刷有限公司
开　　本　889×1194毫米　1/32
印　　张　5
字　　数　111,000
版　　次　2014年8月第1版
印　　次　2014年8月第1次印刷
I S B N　978-7-208-12353-3/I·1267
定　　价　25.00元